ラブオールプレー

夢をつなぐ風になれ

小瀬木麻美

Contents

目　次

どれほどの辛酸を嘗めようと、どんな負の感情に苛まれようと、
俺はそれをコートでの言い訳にはしない。
コートでは、何があろうと諦めずひたすら前を向き、
泥臭く勝利にくらいつく。
そうすることが、俺を支え見守り、
絶望に苛まれていた俺に信頼の意味を教えてくれた人たちへの、
ささやかな感謝の印になると思っているから。
そしてなにより、それこそが、お前とともに夢をつなぐために
必要なことだと信じているから。

第一章　遊佐賢人、復帰戦

「運命って信じる？」

「信じない」

遊佐の問いに、祐介はきっぱり答える。

決められた道だと思って、歩いてきたことはない。いつだって、自分で選んできた。そう思っている。

「お前は？」

「信じてないよ」

そう言ってから、遊佐は満足そうに笑い、音楽でも聴くことにしたのか、イヤホンを耳につっこんだ。

ならなんで訊く？

祐介は首を捻りながら、明日の試合のため、ラケットバッグに荷物をつめる作業に戻る。最後にシューズを入れる。シューズ袋は恋人の梓の手作りだ。冷やかされないよう、地味な色合いを選んでくれているが、小さく二人のイニシャルが寄り添っている。

「なんだよ。にやけた顔して。そんなんで明日の試合、大丈夫なのかね」

「大丈夫だよ。少なくとも、お前よりはね」

そう言って、祐介は、遊佐が入れ忘れているシューズ袋を遊佐のベッドにそっと置く。

気まずそうな顔で遊佐はベッドから起き上がり、受け取ったそれをバッグにつめる。

「後で入れようと思ってたんだよ」

「そりゃあ、失礼しました」

「ムカつく。その言い方」

「長く一緒にいるせいで、誰かさんに似てきたのかもな」

「もういいよ。俺、風呂に行ってくる」

そう言うと遊佐は、タオルを首にかけ、下着入れを手に足音高く部屋から出て行った。

まったく。

お前が、運命だなんて、わけのわからんことを言いだすからだろ？

祐介は、遊佐が出て行ったばかりの扉を見つめながら、ため息をつく。

そして、ふと、こう思う。

だけど、ずっと後になったら、運命だったのかもって思うかもしれない。

あの日、あのコートで、お前と出会ったこと。

初めて二人でもぎとったあの1点。

震えるようなあの興奮、熱い想い、瞬間に生まれたコートを舞い上がる鮮烈な風。

一秒たりとも忘れたことはない。

明日も、明後日（あさって）も、ずっと先も、コートに立つ限り、俺はあの風を忘れない。

だから、大丈夫。

ちゃんと、お前を支える。

お前がいつも、俺を支えてくれるように。

主のいない遊佐のベッドに視線を戻し、祐介は、いよいよ明日だな、と小さく呟いた。


大学に入って三度目の春、新しい年のリーグ戦がいよいよ始まる。

関東大学バドミントン、一部リーグの会場に設けられた十二面のコートは、それぞれが、熱気の前後に訪れる静かな闘志に包まれていた。

青翔大学、初戦の相手は、今や王者として君臨している早教大。

「遊佐さん、ちょっと緊張してます？」

「っていうか、水嶋のほうが緊張してねえ？」

チームメイトで横浜湊高校時代からの後輩、双子のダブルス、通称ツインズの二人は、祐介を挟むようにチームのベンチに座り、基礎打ちを始めた第一シングルスのコートに立つ二人を見つめながらそう言った。

「まあ、初戦は誰でも緊張するからな。それに、なんてったって復帰戦だ」

「長かったですからね」

ツインズの兄、太一は、大きく息を吐く。

けれど、これからのほうがずっと長い。戻ってきたからこそ、長く、さらに厳しい道がずっと続く。自分が納得する、あるいは諦めるその瞬間まで。

「やっと帰ってきてくれた」

ツインズの弟、陽次は、右の拳をそっと握りしめる。

「そうだな」

祐介は、自分の時よりずっと緊張して、コートに立つ遊佐賢人の背中を見つめる。

遊佐は、全日本王者を父に持ち、幼い頃から天才の称号を背負い、自らの才能に努力を重ねることでそのプレッシャーを跳ね返し、あらゆる年代で王者の称号を手にしてきた。

いわばバドミントン界のサラブレッドであり、プリンスだ。

同じように幼い頃からラケットを手にした祐介にとっても、横浜湊高校でチームメイトになるまで、言葉を交わすことさえ憚られるような雲の上の存在だった。

そんな遊佐が、重度の指の故障に見舞われたのは、昨年の夏の終わりのこと。

それは、何度か小さな故障に泣かされてきた遊佐にとっても、先の見えない、初めての大きな挫折だった。

このコートに立つまでの半年、遊佐は、苦しみと絶望に何度も苛まれ、もがき、あえぎ、たくさんの悔し涙を流してきた。

そして祐介は、そんな遊佐を一番そばで見守ってきた。時には寄り添い、時には突き放しながら。

だからこそ、復帰戦となる今日のこのコートは、辛苦をともにしてきた親友であり、ダブルスのパートナーである祐介にとっても待ちに待った日だ。

「明日の試合、第一シングルス、俺が出たいんだ」

とはいえ、その遊佐の申し出には、喜多嶋監督はもちろんチームの全員が驚いた。

対戦相手の早教大のエースは、ツインズと同じく横浜湊高校時代の後輩、水嶋亮だ。早教大、団体戦での第一シングルスは、その水嶋の指定席でもある。

水嶋は、早教大のエースであるばかりでなく、今や、日本のエースに育ちつつある逸材だ。昨年から日本代表にも選出され、海外での活躍も目覚ましい。

日本で行われた世界大会、昨年のジャパンオープンでは、実力者揃いの中国勢が不参加だったこともあるが、準決勝では世界中にファンを持つ世界ランカーのインドネシアの選手を破り、決勝では世界ランク2位のデンマークの選手を相手に死闘を繰り広げ、結果惜しくも敗れはしたが、堂々と渡り合った末の準優勝の栄誉は関係者を驚かせた。

その大会、水嶋は、実に強かった。

遊佐譲りの、まるで遊佐賢人がプレーしているような華麗な技を駆使し、驚異的なスタミナを武器に、格上の相手を次々と撃破していった。

大会終了後に、日本バドミントン界を人気でも実力でも牽引してきた女子選手が引退を表明していたこともあり、期間中、いつになく取材陣も多かった。

そんな取材陣を夢中にさせたのが、水嶋だった。

華やかな雰囲気などかけらもない水嶋だが、コートでの躍動感と、それとは対照的なコート外での寡黙で謙虚な態度が、それはそれで取材陣に受けがよかったらしい。

水嶋が、日本の男子シングルスではただ一人準決勝に進出してからは、新聞、雑誌、テレビと様々な媒体で好意的な記事が掲載され、その映像がスポーツニュースで流れた。おかげで、今までバドミントンの試合など見たこともなかった人たちを中心に、水嶋ファンが激増した。

それ以来、水嶋はずっと時の人だ。

コートに立つたび期待の視線を浴び、それでも自分のバドを守りきる術（すべ）を得たことで、水嶋は大きく飛躍し、さらに強くなっていった。

「水嶋、この前もスポーツ雑誌に写真入りで、特集組まれてましたよ」

「日本バドミントン界、オリンピックの新星だって」

「嬉しいような、ムカつくような」

陽次がそう言うと、太一が、どっちかっていうとムカつくよなあ、と笑った。

ツインズも、当然、オリンピックを夢見ている。

しかし、すでにそこへ挑戦できる切符を手にしている水嶋とは、その道のりが大きく違う。仲間としての喜びと、ライバルとしての競争心がせめぎ合うのは当然だ。

「まあ、そう言うな。水嶋自身が今の騒がれようには、一番戸惑ってるんだろうし」

祐介は、いつになく張りつめた顔で遊佐と基礎打ちを続ける水嶋を見ながら、そう言った。

「遊佐さんが怪我をしなかったらって、だけどどうしても思ってしまいますよね」

「遊佐さんなら、あそこで優勝をもぎとったかもしれない」

祐介は心の中で、ツインズの言葉に、そうだったかもしれないと頷いた。

日本中のバドミントン関係者が、それを望んでもいた。プリンス遊佐賢人が、満を持して世界の扉をこじあけることを。

マイナー競技に必要なのは、多くの人を惹きつけるスーパースターの登場だ。

強く、しかも美しい。

逞しく、なおかつ優雅。

遊佐賢人ほど理想的なスーパースター候補はいなかった。

だから、遊佐の突然の故障は、本人だけでなく、たくさんの関係者のため息を誘った。

ところが、遊佐が故障したことで代わりに出てきた感のある水嶋が、そのため息を新たな喜びに変えた。

あまりにできすぎたシンデレラストーリーに、遊佐の不運を、水嶋が自分の幸運に変えた、そう陰口をたたく者もいた。

けれどそうでないことは、遊佐自身が一番よく知っている。

水嶋は中学時代まったく無名の選手だったにもかかわらず、祐介たちの恩師でもある横浜湊高校バドミントン部、海老原監督にその才能を見出され、同じチームで天才遊佐賢人のプレーを見つめ、対峙し、その豊かな才を吸収することで、遊佐のすべてを奪い取るように成長してきた。

だからといって、横浜湊に、それを不快に思った者はいなかった。みんな水嶋が好きだった。水嶋の、見ている者すべてを、対戦相手でさえもワクワクさせてくれるプレーが大好きだった。

遊佐も、初めて対戦した時から、ずっと水嶋のプレーに魅せられている。

だからこそ遊佐は、今まで水嶋には一度も負けなかった。指の故障がわかった直後でさえ、なんとか凌いで勝利を飾った。

勝つことで水嶋を成長させる。それは、遊佐賢人にしかできない離れ業だった。

「今の水嶋を遊佐が一番喜んでいる、と俺は思うよ」

祐介の言葉に、そういった経緯をよく知っているツインズは揃って頷く。

しかし、そんな遊佐が復帰戦の相手に水嶋を選んだのは、上り調子の水嶋を叩いて自分に自信を取り戻すため、では決してない。

「遊佐さんは、どうしてこのゲームを志願したんですか？　復帰戦なら、もう少し選んだほうがよかったんじゃ？」

太一が祐介に尋ねた。

このゲーム、遊佐に万に一つも勝ち目はない。

今の水嶋は、遊佐が故障に見舞われることなく順調に競技を続けていて、万全の態勢で臨んでいたとしても勝てるかどうかわからない、そんな相手だ。

長いリハビリを経て復帰したばかり。メンタルでは庇いきれない体力、何より試合勘に不安を抱えている遊佐が勝てないことは、遊佐も、たぶん対戦相手の水嶋もわかっている。

「チームのため、だろうな」

青翔大学の元主将でエース、遠田岳が卒業した今、水嶋に勝てる可能性のある者はチームにいない。

しかし、ダブルスは完全に青翔大学が有利だ。

「お前たちは、どっちがきたって負けないだろ？」

ツインズは、今や、遊佐と祐介のエースダブルスを脅かす実力をつけてきていた。

祐介の言葉に、ツインズは、交互に自信に溢れた笑みを浮かべる。

「横川さんと遊佐さんのダブルスも負けませんよね」

リハビリ明け直後で体力に不安の残る遊佐も、カバー力の大きい祐介とのダブルスなら、思い切りよく戦える。祐介は遊佐のリハビリの間、そのための準備にこそ、懸命に取り組んだのだから。

「もちろん」

祐介はツインズに大きく頷く。

どちらのペアも、どちらもエースダブルスだと胸を張れるほど心身ともに仕上がっていた。

後はもう一つシングルスをとる必要があるが、水嶋と競り合うように成長している岬省吾とは勝敗が読めないが、三番手の高瀬となら、祐介でも陽次でも、主将の山崎さんでも勝てる公算が大きい。

ようするに、水嶋との第一シングルスは、俗にいう捨てシンだ。どうせ誰も勝てないのだから、ダメージが大きくならない程度に適当な者をあてる。監督はもちろんチームの誰も遊佐をそういう目で見てはいないが、遊佐自身がそう判断し、あえて自らを捨てゴマにした。

祐介は反対した。

復帰戦なら、試合勘を取り戻すだけで十分だ。ダブルスだけに出場するべきだと。

勝ち目のない試合で心身を痛めつける必要があるのか、とはっきり口にした。

けれど、遊佐は笑ってこう答えた。

必要はないかもしれないけど、覚悟はあるよ。それでチームが勝てるなら本望だ。

「本当に遊佐さんは、チーム命ですね」

陽次は、真摯な眼差しをコートの遊佐に向ける。

祐介も同じだった。プライドを削って、チームのためにコートに立つ遊佐賢人が誇らしかった。

「ファーストゲーム、ラブオール、プレー」

主審のコールがコートに響いた。

遊佐と水嶋が競い合うように、気合いの声をあげる。

これが遊佐の復帰戦だろうがたとえ未だ故障を引きずっていようが、いったんコートに入った水嶋には、いっさい関係ない。

最後の1点が決まるまで、あいつは全力で戦う。

遊佐も同じだ。勝てないとわかっていても、全力で戦う。

勇往邁進（ゆうおうまいしん）、それが祐介たちを育（はぐく）んだ横浜湊の合い言葉だ。その精神が、巣立ったすべての者に、今はバドミントンから距離を置いている者たちにも根づいている。

水嶋のサービスでゲームは始まった。

祐介は、まず、相手コートの水嶋に視線を集中してみる。

水嶋の生真面目に鍛えられた筋肉は、力強くしなやかだ。ステップは軽やかで、驚異的な速さでホームポジションに戻っている。

相変わらず、目もいい。

視線は素早く遊佐の全身の動きをキャッチし、緩急をつけながら、驚くほど丁寧に球を前後左右に打ち分けていた。その配球のうまさと意外さには、今さらながら驚かされる。

経験が、判断力にさらに磨きをかけたということなのだろう。

横浜湊でともに戦っていた頃、遊佐とよくこんな話をした。

「やっかいだよね、水嶋のバドって」

「面倒くさいよな」

「諦めるって言葉を、教えてやんなきゃな」

「同じチームで、マジ、よかったよ」

自らの意志でライバル校に進み祐介たちの敵となった水嶋は、まさにその通りしつこくやっかいで、そしてあの頃よりずっと強くなった。祐介や遊佐の想像をはるかに超えて。

視線を遊佐に移す。

それでも、遊佐もよく動いていた。

水嶋の人並み外れた動体視力と洞察力に対抗するように、水嶋以上に足を動かすことで、裏の裏をかくような、フェイクの数々をそのラケットから繰り出している。

だけど、このままじゃ最後まで体力はもたない。そんなことは、遊佐本人が一番よくわかっているはずだ。

一ゲームだけでも競りたい。昨夜、遊佐は風呂から戻ると、それだけを言って寝た。

おそらくその言葉通り、このゲームに懸けているのかもしれない。いや、もっと単純に、コートの熱気に煽(あお)られ、本能、性(さが)、そういったものに衝(つ)き動かされているのか。

一進一退でゲームは進行していく。

11点のインターバルは、1点差で水嶋がとった。

どちらのチームメイトも、ベンチに座ったままだ。

コートの周辺は、二人が醸し出す張りつめた熱気の中を、冷気がレーザー光線のように交錯していて、気軽に駆け寄れる雰囲気ではなかった。

祐介も視線だけは遊佐に向けたが、大丈夫だから、そんな合図を受け取ったので、ベンチにどっしり腰を下ろしたまま動かなかった。

二人はそれぞれに、タオルで汗を拭い、同じようなポーカーフェイスで水分補給をしている。

水嶋は早々にコートに戻り、遊佐は、時間いっぱいまで汗を拭っていた。

インターバルが終わった直後、遊佐が長いラリーを制し同点に追いついた。

感心する。

遊佐は、やっぱり遊佐だ。

故障しても、ブランクがあっても、天性の閃きは健在だった。

選手生命を左右する指の故障からの復帰戦で、とっさの判断で、グリップをスムーズに握り替え、ストロークで一番難しいハイバックを易々と打つのだから。

しかもその一打は力強いクリアーとなり、ネット前を予想していたらしい水嶋は完全に逆をつかれ、攻守は一気に逆転した。

遊佐は、そこから華麗なラケット捌きの連続でそのラリーを支配し、最後はあざ笑うかのようなワイパーショットを決めて1点を返した。

防戦一方だった水嶋は、ホームポジションで複雑な笑みを浮かべていた。自分への怒りと遊佐への賞賛、両方が交じり合っていたのかもしれない。

しかし、それでさらに闘志に火がついたのか、そこから水嶋は、遊佐に一度もリードを許さなかった。

19－21、ファーストゲームは、結局水嶋がとった。

セカンドゲームが始まるまでのインターバル、祐介は、遊佐の視線に応えその下へ歩み寄る。

それがきっかけになったように、水嶋の下へは岬が走っていった。祐介は、水分補給をする遊佐にうちわで風を送り首筋にアイスパックを当てた。

言葉は何も交わさない。

ただ、遊佐はコートに戻る瞬間、何かを確認するように祐介にもう一度視線をからめる。

祐介は、深く頷いた。

ダブルスの心配はいらない。そのために俺がいる。

セカンドゲーム、ラブオール、プレー。

「集中」

祐介は、コートに向かって、気合いの籠もった声をかける。

それに呼応し声をあげた遊佐は、軽くジャンプをした後、水嶋を威嚇するように口角を上げ、ラケットをクルクルッといつもと同じリズムで回した。

こうやって、試合勘を取り戻していく。

練習のコートでは味わえない緊張感の中、慣れ親しんだリズムを体に取り戻す。

遊佐は、セカンドゲームに入ってもよく動いていた。自分が動くことで、水嶋をコートの四隅に走らせている。

　バドミントンというのは、本当に苦しいスポーツだ。

　遊佐の姿を見つめながら、祐介は改めてそう思う。

　相手を苦しめるために、自分はそれ以上の苦しみに耐える覚悟が必要だ。遊佐は、その覚悟を厭わない。苦しみの先に何があるのかを知っているから。

　しかしこのゲームを見れば、水嶋も同じ覚悟ができていることがよくわかる。

　覚悟が同じなら、立ち止まることを余儀なくされた遊佐より、休むことなく前に進み続けてきた水嶋に軍配が上がるのはやむを得ない。

　セカンドゲームの11点のインターバルを水嶋がとった後、14－15から、じりじりと点差が開いていった。

　結局、16－21で水嶋が勝利をもぎ取り、ファイナルにもつれ込むことなく決着がついた。

　水嶋が最後の1点をもぎ取ったラリーは、本当に素晴らしかった。

　祐介は、次の自分の試合のため体の準備を始めていたが、それでも、しばしば、視線はコートの二人に釘付けになった。

　水嶋は、体幹の強さ、並み外れたバランス力を見せつけるように、追い込まれても球を巧みにつなぎながら、ラリーの後半にきて足の動きが鈍くなってきた遊佐から主導権を奪っていった。

　最後は、これ以上はないという十分な体勢から、強烈なスマッシュを、自らが作り上げたコートの隙間に深々と突き刺した。

遊佐は、その球にくらいつくように飛び込んだ。しかし、遊佐のラケットはシャトルをつかむことはできなかった。

遊佐が水嶋に初めて負けた、その瞬間だった。

ポーカーフェイスだったが、遊佐の悔しさは、固く握りしめられた左の拳でわかった。負けるとわかっていても、コートに入れば勝つことだけを考える。それがアスリートの性だ。

それでも遊佐はすぐに気持ちを切り替え、淡々とした足取りでネットに歩み寄り、拳をほぐし、ネットの上で水嶋としっかり握手を交わしていた。

二人が短く交わした言葉は、ベンチには聞こえなかった。しかし、おそらく、互いへの感謝の言葉だったはずだ。

「次、粘ってくれるとありがたいな」

ベンチに戻ってきた遊佐が祐介に言ったのは、その一言だけだった。

「疲れた?」

「あいつが相手じゃね」

「いいゲームだった。次に可能性の見える戦いだった」

「ダブルスでリベンジだな」

遊佐は、今の自らの試合にはあえて触れず、おそらく回ってくるはずの第二ダブルスに話をすり替えた。

次の第二シングルスは、祐介と早教大のダブルエース、岬省吾との戦いになった。

岬省吾は確かに強敵だ。

しかし、絶対に勝てないという相手ではない。しかも、勝負はどうあれ粘り抜くことはできる。ここで粘り、遊佐が体を休める時間を稼ぐのが自分の役目だと祐介もよくわかっていた。

ただしやりすぎてはいけない。ダブルスのために、いつも以上に自らの体力も温存する必要がある。

第二ダブルスで、またこの岬と水嶋を相手に戦うことは必至だ。しかもその戦いで負けは許されない。チームのためにも遊佐のためにも。

19－21、21－17、一ゲームずつを分け合って、ファイナルゲームに入った。

岬は、水嶋に比べると、どうしても技に頼りがちだ。

試合の最後まで、たとえどれほど点差が開いていても、ラケットを下げず足を動かそうとする水嶋とは違い、圧倒的に省エネプレーだ。

もっと力の差が大きければ、それもまた効率の良い戦い方かもしれない。

祐介を甘く見ているのか、対戦相手の力量を判断できないのか。それとも、そういう戦い方しかできないのか。

とにかく、岬がプレースタイルを変えないのなら戦い方は簡単だ。

ファイナルゲーム、岬の勝負への貪欲さの欠如に、祐介は徹底的につけこんだ。

ラリーの初っ端から、常に受け身になりがちな岬のバドを、受け身のままコートに釘付けにする。

バドをなめんじゃないよ、と心で呟きながら、祐介は、ネット前にラケットを下げたまま出てきた岬に、ニッと笑ってみせる。

しっかり気合いを込めろ。

何が何でも1点をもぎとる、その思いを込めてプッシュしなければ、お前がどんなに巧みなコースをつこうが、ちゃんと拾える。天才遊佐賢人のショットを、他の誰より俺は、一番そばで受け続けているのだから。

岬とのゲームが進むにつれ、次に控えるダブルスへの不安は小さくなっていく。

むしろ、ここで楽をしないことが次につながる。自分の足の動き、体の軽さを確認しながら、祐介はそう判断した。

そうなれば、必要なのは、自分の判断が正しいと思い切れる勇気だけだ。

祐介は、岬が攻撃態勢に入る前にギアを上げ、岬を追い込んでいった。

最後は、岬がなんでもないサービスリターンをネットにかけ1点を献上してくれた。

祐介の18点目が決まった頃から、疲労のせいなのか、岬の視線が上下に大きく動くようになっていた。だから、そんな展開も想定内。21―17、祐介は岬を、余裕をもって振り切った。

これで、チームの勝敗は五分に戻り、しかも祐介自身は、岬に対するメンタルの優位性をしっかり手に入れることができた。

「お疲れ」

遊佐がタオルを差し出してくれる。

「どうも」

「岬、まだまだだね」

「ダブルスもあるから、本当はストレートで勝ちたかったけどね」

ふだんダブルスに専念しているせいなのか、祐介は、シングルスの試合になるとどうしてもスタートダッシュに出遅れてしまう。

「あれぐらい平気だろ。現役なんだから」

遊佐の嫌味に祐介は肩をすくめ、遊佐が差し出したまだ半分凍っているスポーツドリンクを口に含んだ後で、素早くユニフォームを着替えベンチに戻る。

ツインズの、第一ダブルスが始まっていた。

すでに5点差をつけ、相手を圧倒している。華麗というより怒濤の攻撃だった。

「あいつら、俺がコートを離れている間に、草食系、やめたのか？」

遊佐がにやけながら、首をひねっている。

「時々、あんなふうに肉食系になるじゃん。なんか二人して盛り上がってる時」

「いったい、この試合の何に盛り上がってるんだ？」

「そりゃあ、今日がお前の復帰戦だからだろ」

「へえ」

知ってるくせに。

どれだけ、ツインズがお前のコートへの復帰を願っていたか。

リハビリを終えて練習のためコートに戻ってきた遊佐が、調整がうまくいかず体育館から逃げ出してしまったこともあった。

そんな時も二人は、遊佐を、いや遊佐のバドミントンへの愛情を信じていた。

好きだから、ただ好きだから。

強いとか弱いとか、うまいとか下手だとか、そういうことは抜きにしてバドミントンが好き。だから頑張る、だから上を向く。

ツインズや水嶋、後輩たちにそれを教えたのは、遊佐だ。

誰よりも強く、けれど誰よりも努力を怠らない。そうやってチームメイトを引っ張り続けた遊佐の戦う姿勢に憧れ、くらいついてきた二人だから。

「横川さん、ちゃんと待っていてあげて下さい。待っている人がいないと、戻ってこられないから」

太一はそう言って、遊佐が放り投げていったラケットのグリップを、自分の手持ちで丁寧に巻きなおし、遊佐のバッグにしまった。祐介は、その遊佐のラケットバッグを、太一から奪うように受け取った。

陽次は、他の一年のメンバーと一緒に、一日の練習を終え汗とほこりにまみれたコートの床をせっせと掃除していた。

お前は、あっちを手伝え。祐介の言葉に、太一は嬉しそうに頷いた。

二人分のラケットバッグを背負って体育館を出ていく祐介の背中に、絶対に戻ってきますよね、という二人の大きな声が揃って届いた。

祐介は、背中を向けたまま大きく右手を振った。

そんなあれこれは、いちいち報告しなくてもわかるものだ。

寮に戻ってきてから、遊佐は放り投げたラケットが心配になったのか、バッグから真っ先にラケットを取り出していた。グリップを握って、すぐに遊佐はにっこり笑った。

これ太一だな。几帳面（きちょうめん）だから、マジ、いい感じだ。

そう言って笑っていたじゃないか、お前。

21－11、ファーストゲームは圧勝だった。

インターバル、遊佐がツインズの下へアイスパックを持って歩み寄った。

二人はそれほど汗もかいてない様子で着替えもせず、それでもしっかり水分補給だけはしながら、遊佐の言葉に何度か頷いている。

「何てアドバイスしたんだ？」

戻ってきた遊佐に、祐介は尋ねた。

「こっちはできるだけ休みたいんだ。何、さっさと一ゲーム終わらせてんだって、注意してきた」

「はあ？　あいつら、昔からバカなんだから、そんなこと言ったら、二ゲーム目、ついうっかりとられちゃうよ」

「そこは俺も心配だったから、できるだけラリーを長引かせて、そんでもって次も絶対勝てって言っておいた」

「あっそう」

しかし結局、長いラリーになったのは8点差で試合の形勢がほぼ決まった最後の一本だけだった。

「あいつら、俺のアドバイス、無視かよ」

遊佐は、眉間にしわを寄せて腕を組む。

「アドバイスじゃなくてただのお願いだし」

「同じ意味だろ？」

「違うね。絶対に」

「とにかく、俺の言葉を無視するなんて、偉くなったもんだってことだよ」

「最後になって、ちょっとはお願い聞いておかないとまずいと思っただけでも、あいつらにしたら上出来だよ」

「あれだけ実力差があったら、もっとコントロールできたさ」

「できても、あいつらはやらない。それが湊魂だから」

「それ、持ってくんなよ」

遊佐は、慌てて組んでいた腕をほどく。まるで目の前に海老原先生がいるように。

「なんで？　今から、湊魂全開でやんなきゃだめだろ」

第四試合、祐介と遊佐の相手は、水嶋・岬の早教大のエースダブルスだ。

相手にとって不足はない。

二人は、軽く握手を交わした後で、それぞれのホームポジションで大きな気合いの声をかけ合う。

祐介の全身に、つま先から頭のてっぺんにいたるまで、いっそ寒気かと思うほどの熱気がかけ上ってくる。

懐かしいこの感触、本当に久しぶりだ。

水嶋との全日本のコートでも、昨年の秋のリーグ戦での青翔大元エース遠田さんとのダブルスでも、どうしてもこの熱い感触を得られなかった。どちらも素晴らしい才能の持ち主で、それなりに勝利を引き寄せているにもかかわらず。

だからこそ、素直に嬉しい。

シングルスでの若干の疲労が、一気に飛んでいった気がする。

ただ、試合はそんな祐介と遊佐の気合いを裏切るほど、あっけないものだった。

シングルスの不完全燃焼が響いているのか、とにかく岬の調子が悪く、それをまったくカバーできない、水嶋のシングルスとは別人かと思うほどの動きの鈍さも相まって、ほとんど勝負にならず、祐介たちは二ゲームを圧倒的なペースで連取した。

体力に不安を抱えていた遊佐だが、最後のラリーは、ジャンプスマッシュを連続して相手コートに打ち込んでいった。

まず初めに水嶋の足元に。水嶋が何とか返してきた球を一度祐介がコントロールし岬へ、戻ってきた甘いクリアーを、万全の体勢から岬のボディめがけて打ち込んだ。

二人のあまりの不甲斐なさに、遊佐が祐介以上にムカついていたのは明らかだった。

結果として、その一打が、青翔大の勝利を決めた。

「俺の出番、なかったなあ」

主将の山崎さんが、満面の笑みで祐介と遊佐を出迎えてくれた。

まだ一勝。けれど、貴重な一勝だった。

その帰り道、水嶋には負けたが最大のライバル早教大に勝ち、チームに確かな貢献ができたことが嬉しかったのか、遊佐はずっとツインズとじゃれ合っていた。

もちろん祐介も嬉しかった。

これでリーグ優勝をグンと手元に引き寄せたのだから。

ただ、喜びいっぱいというわけにはいかなかった。この先、遊佐がどんな決断をどのタイミングで下すのか、今日のゲームを見た限りでは、正直言って祐介にはわからない。

わかっているのは、その遊佐の決断が、少なからず祐介の道にも影響するということだけだ。

複雑な想いをからめながら、祐介は、喜び以外の感情を一切見せず無邪気に笑っている遊佐を見つめる。

すべては運次第。

自分の復活を、遊佐は病室でそう言って、何かをつかむようにそっと左の拳を握った。

運、不運とは何だろう？

そんな遊佐の姿を思い出しながら、祐介は自分自身に問いかける。

さあこれからという時期に、指に大きなダメージを負った遊佐は不運なのか。その不運をバネに、復活を目指せるまでにたどり着けたのは、運がよかったからなのか。

挫折もなく、順調に階段を駆け上がってきた水嶋はただのラッキーボーイなのか。

挫折を知らないことが、この先の不運につながるのか。

それとも、運とはただの言い訳で、結果はすべて本人の才能と努力だけに左右されるのか。

祐介は思う。

運、不運はあるのかもしれない。

けれど、それは、自分次第で変えられるものだ。

突然の不運は避けようもないが、そこから立ち上がっていくのも、幸運をたぐり寄せつかみ取るのも、自らの覚悟と意志一つ。

運命を信じないと言い切る遊佐の、病室で言った運次第とは、そういうことじゃないのか。

中学の頃、本来なら、高校でバドミントンを続けることはおろか、高校に進学するのも厳しい環境に祐介はいた。

けれど、本当にたくさんの手が祐介に差し伸べられ、夢を後押ししてくれた。

自分にはバドミントンがあったから。

バドミントンを諦めない、その気持ちがあったから、みんなが救ってくれた。

バドミントンが好きだ、その気持ちが、差し出された手を、幸運の女神の前髪をしっかりと握らせた。

祐介はそう思っている。

第二章　想い出はいつもラケットとともに

福島で開催された全国中学校バドミントン大会を終え、祐介は、喜びと安堵、諦めと覚悟、など様々な感情が一緒くたになった、とても複雑な想いを胸に家に戻った。

「ただいま」

玄関の引き戸をできるだけ静かに閉めてから、祐介は廊下の奥に声をかけた。けれど、いつもなら小走りで出迎えてくれる母の応えがなかった。

家の中の雰囲気が、いつもと少し違っている。大きな変化ではないけれど、ちょっとした、家に染み付いている匂いのようなものかもしれない。

玄関で靴を脱ぎながら、祐介はこみあげてくる不安を何度ものみ込んだ。

母が出て行ったのでは？

真っ先に祐介の頭に浮かんだのは、それだった。けれどすぐに打ち消した。

あの母が、たとえどんなにせっぱつまっても、自分を置いてどこかに行くはずがない。

それだけはありえない。

だとしたら、どこか具合が悪いのかもしれない。心労続きの母だ。いつ倒れても不思議はない。

祐介は、次から次へと浮かぶよくない想像を打ち消すように、一度大きく深呼吸をして、母がいるはずの場所に、まっすぐ大股で歩いていく。

母は、ちゃんと台所にいた。二人用の小さなテーブルに顔を伏せて転寝をしていた。

小さな寝息が聞こえてくる。

祐介は、安堵のため息をそっと吐き、起こしては可哀想だと思い、そのまま静かに台所を出ようとした。

そんな祐介の背中を、母の少しかすれた「おかえり」という声が追いかけてきた。祐介はなるべく明るい声で「ただいま」と返し、振り返って母に微笑んだ。

さっきまでテーブルの下に隠れていた母の手には、どういうわけか少ししなびた葱が握られている。

「どうだった?」

「うん。団体でもベスト16まで行けたし、個人では目標のベスト8に入れた」

「よかったわねえ。本当に、よく頑張った」

母は、誇らしげに微笑んでくれる。

他の部員の両親のほとんどは、揃って福島に応援に来ていた。もちろん、母も見たかったはずだ。主将として、エースとしてチームを率いる祐介の姿を。祐介も、できれば母に自分の戦う姿を見せたかった。けれどできなかった。

祐介の家は、祖父から受け継いだ自動車修理工場を経営していた父が、事業とは関係なく作った借金のせいで、経済的にも家族としても、完全に破綻していた。

父は家を出て、ほどなく借金の取り立てから母と祐介を守るためという理由で母と離婚した。今はどこで暮らしているのか、祐介は知らない。

わかっているのは、父が消えても、事態はそれほどよくならなかったということだけだ。法律では母に借金の返済義務はないらしいが、行方のわからない父の代わりに母に対して、法の目をかいくぐるように嫌がらせ、恫喝が繰り返された。

そのせいで母はパート先のスーパーも解雇された。他に職を探しても、小さな町で、そんな母を雇ってくれる職場があるはずもない。

そういったことを、母は絶対に祐介に話してくれないが、ほのめかしてくれる、親切なのかおせっかいなのか、とにかくそういう人たちが少なからずいた。

本当なら、大会に出向くことはおろか、バドミントンを続けることさえ難しい環境だった。実際、昨年の夏の終わりには、祐介自身が退部を申し出ていた。

けれど一年で道内の覇者となり道大会二連覇を飾っていた祐介の才能をかってくれていた顧問の二ノ宮先生と幼馴染みの三上梓の両親、他にも少なくない人の支援もあり、今日までバドミントンを続けてこられた。

だからこそ、自分には、バドミントンの世界でのこの先はない。これで最後だと覚悟を決めて福島に赴いた。

精一杯、自分のできる限り、ここまで応援してくれたすべての人への恩返しのために結果を出す、それだけを胸に秘め。

全国大会個人戦ベスト8は、祐介自身はもちろん、祐介を支えてくれた人たちにも喜んでもらえる結果だった。だけど本心をいえば、もう一回勝って、どうしても試合をしたい相手がいた。

超天才プレーヤー、バドミントン界の若きプリンス、遊佐賢人。

昨年、二年ですでに全国中学校バドミントン大会を制し、今年も二連覇は間違いない、と大会前からいわれていたスーパースターだ。

遊佐は、強いだけでなく、中学生とは思えないほど高い技術力を駆使して、とても美しいバドミントンを見せてくれる。

力と技のバランスがよく、対戦相手でさえ、試合中、その優雅なプレーに魅せられてしまう、と評判だった。

最後に、できることならその天才プレーヤーと対戦してみたかった。自分の目で、体で、その素晴らしさを感じてみたかった。

まったく歯が立たないのなら、それでバドを諦めるよいきっかけになっただろうし、ある程度立ち向かうことができたのなら、誇りを、最後に胸に刻み付けることができたはずだ。

その夢の対戦まで、あと2点だった。

勝てたはずの試合だった。勝ちを意識しすぎたあの一瞬の判断ミスさえなかったら。

そのことを思うとチクチクと胸が痛んだ。

そのせいでもしかしたら、小さな後悔が顔に出たのかもしれない。

「ごめんね、応援に行けなくて」

母が申し訳なさそうに祐介に言う。

「いいんだよ」

祐介の部活動以外、贅沢とは無縁の生活だった。

そんな状況で、母が、自分も応援に行きたいと言えるはずもない。勧めてくれる人はたくさんいたかもしれないが、母は諦めるしかなかったはずだ。

携帯電話はおろか、借家には固定電話もない。経済的なこともあったが、一番大きな理由は一時のひどい嫌がらせを避けるためだ。

そんな事情だから、試合後すぐに母に結果を報告することもできなかった。

本当に、今まで、母には苦労をかけた。

だけど、今日までだ。バドミントンとはこれで決別する。

とりあえず、卒業までは新聞配達で家計を助け、中学を卒業したら母と二人で北海道を離れ、父の借金とは無縁のどこか遠くに行くつもりだ。

どんな厳しい仕事でも不平不満は言わず、ささやかで穏やかな生活をしよう。暴力や恫喝のない世界で、母と穏やかに暮らしたい。

それだけがその時の祐介の望みだった。

「夕食の準備？」

母は、まだ葱を握りしめている。

コンロの鍋には、すでにカレーが出来上がっている匂いがしていたので、祐介は首をかしげながらそう尋ねた。

「ちょっとね、冷蔵庫のお掃除をしてたんだけど」

そう答えながら、母は、スッと涙をこぼした。

その瞬間、わかった。

卒業まで。そんな悠長なことを言っている余裕は自分たち母子にはないのだと。

母は、祐介にバドミントンを続けさせるために我慢を重ねていた。もうあと少しの無理もできない、それは当たり前のことだった。

「明日、町を出ることになったの。相談もしないでごめんね」

母は、祐介に頭を下げた。

ごめんね、ごめんね。色あせ、へこみの目立つ台所の床に、母の謝罪の言葉が繰り返しこぼれ落ちる。

「今までありがとう。もう十分だよ」

祐介の言葉に、母は、堪えていた嗚咽の声をもらし床に蹲った。

母が落ち着いてから、二人で小さなちゃぶ台をはさんで、夕食のカレーを食べた。

「明日は、いつもの朝練習と同じように午前六時に家を出て、中学校に着いたら、学校の駐車場に行っててちょうだい。そこで三上さんが車で待っていてくれるから」

「三上さんが？」

「最後まで申し訳ないんだけれど、三上さんに祐介を送ってもらうことになってるの」

できる限り、いつどこへ向かったのかわからないように町を出なければならない、そのためにバラバラに出たほうがいいのだ、と母は説明した。

「母さんは？」

「別の人の車にお世話になるつもり。少し遅れてしまうかもしれないけど」

祐介は急に不安になった。

「一緒に行こうよ。何があったって二人なら大丈夫。俺が絶対に母さんを守るから」

母は優しく微笑んでから、真剣な眼差しを祐介に向けた。

「行き先がわかったら、同じことの繰り返しになるかもしれない。また、たくさんの人に迷惑をかけてしまうのよ」

「じゃあ、滋賀のじいちゃん家に行くんじゃないんだね」

「あそこには、これ以上迷惑をかけられんから」

そうかもしれない。

北海道と滋賀県、距離がある上お金もかかるので、そう頻繁に会えるわけではなかったけれど、母方の祖父母とはいい関係だった。

特に祖父は、たった一人の男の孫である祐介を、とても可愛がってくれていた。

両親が離婚した直後には、バドミントンがうまいのなら、滋賀県にも強い学校があるから、こっちへおいでと何度も言ってくれた。

だけど昨年の秋、心臓疾患で倒れ、今は近くで暮らす伯父一家の世話になっている。伯父は祐介の父はもちろん、実の妹である母のことも快く思っていない。

当然かもしれない。借金の件で、伯父にもずいぶん迷惑をかけたらしいから。

「三上さんは、空港まで祐介を連れて行ってくれる。空港には、お世話になるＮＰＯの人が迎えに来てくれるから」

「ＮＰＯ？」

「女の人や子ども、少し弱い立場の人間を暴力や脅しから守ってくれる、そういう団体があるのよ。しばらく母子でかくまってもらえることになってるの」

「その団体の人が、母さんのことも助けてくれるんだよね」

母は頷いた。

「わかった。先に行って待ってるから」

努めて明るく、祐介は答えた。

ありがとう、と母はなんとか笑ってくれた。

翌朝、いつもと同じようにと言われていたので、祐介は使い古したラケットバッグを背負って家を出た。

バッグの中身も、いつもとそう変わらない。ラケット、シューズ、替えのユニフォーム。そして、数枚の普段着の着替えと下着。

アルバムや教科書、手にしたいくつかの賞状やトロフィーはすべて置いてきた。

大切なものは、様子を見ながら三上さんが持ち出してくれるらしい。祐介たちが落ち着くまで三上家で預かってもらうことになる、と母は言っていた。

それなら安心だ。

あのトロフィーのいくつかが梓の部屋に飾ってもらえる。それを思うだけで、祐介は、少し元気になれる気がした。

坂道を上りきれば校門が見えてくる。

できるだけいつもと同じような足取りで、祐介は校門をくぐった。ただ、いつもと違い、体育館は素通りしてその裏にある駐車場に向かう。

駐車場には一台だけ、白いワゴンが停まっていた。

三上さんの車だ。

幼い頃から何度もその後部座席に乗せてもらっている。練習場へ、試合会場へ、梓と一緒に送ってもらった。

祐介は、小走りで車に駆け寄る。

三上のおじさんは、右手の親指で、後部座席に乗るように合図した。

車に乗り込むと、驚いたことに、三列目のシートに、隠れるようにして梓がいた。

三上のおじさんは申し訳なさそうに、祐介に頭を下げた。

「内緒で出てきたはずなのに、こいつが隠れてて」

「いいんです」

最後に梓の顔が見られてよかった。祐介の正直な気持ちだ。

「お世話になります」

うん、と三上のおじさんは頷くと、ゆっくりアクセルを踏み込んだ。

しばらく、みんな黙ったまま息さえひそめていた。

隣町に入ると、梓が移動してきて祐介に身を寄せるように座り、祐介の手を握りこう言った。

「祐ちゃん、絶対にバドやめないでね」

それはたぶん無理だ、とは言えず、嘘をつくのは嫌だったけれど、仕方なく祐介は小さく頷く。

「無理だと思ってる？」

「いや」

「嘘つかないで。何年幼馴染みやってると思ってんの」

ずっと一緒に、まるで兄妹(きょうだい)のように育ってきた梓には、祐介の心の内を覗(のぞ)くことぐらい簡単なのかもしれない。

「ごめん」

祐介は、素直に頭を下げた。

「謝らなくていいから、どこに行ってもバドを続けて。それで今よりずっと強くなって」

「あず……」

「そしたらもう誰も邪魔しないよ。祐ちゃんが好きなことを好きな場所でやること、やり続けること。祐ちゃんが幸せになること」

「あず、言ってることが変だよ」

「なんで？」

「だって、バドやるためにバド続けろって」

本当は　梓が、何を言いたいのかわかっていた。

どんな形であっても、バドを続けろ。諦めるな。そうすれば、必ず道は拓(ひら)けるから。

梓は、そう言ってくれたのだろう。

さっきまで諦めていたのに、梓の言葉をかみ締めていると、自分の中にバドミントンへの未練がいっぱい溢れていることに、祐介は気がついた。

だから、こう言った。

「やめないよ。これからどんな場所に行くのかどんな生活になるのか、何もわかんないけど、だけどバドはやめない。きっと」

諦めないでおこう。祐介はそれだけを決心した。

ラケットが振れなくても、走ることならできるかもしれない。

体を鈍らせずに磨いていれば、いつか、シャトルを打てる日がまたやってくるかもしれない。

バドミントンを諦めない。

その気持ちを持ち続けることなら、自分にもできる。自分だけでできる。誰にも迷惑はかけない。

梓は、大きな目にいっぱいの涙をためていた。

「きっとまた会えるよね。私もバド頑張る。強くなって、また祐ちゃんと同じコートでシャトルを打てるように、一生懸命練習する」

「そうだな。一緒に頑張ろう」

祐介は梓の涙につられないよう、明るい声で答えた。

すると、ハンドルを握ったまま三上のおじさんもこう言ってくれた。

「俺も、祐介にはバドを続けて欲しい。大変だろうけど」

「ありがとうございます」

「頑張れよ。祐介、それしか言えないおじさんを許してくれ」

「そんな。おじさんには、本当に感謝しています」

そう言って、ミラー越しではあったけれど、祐介は深々と頭を下げた。

それからこう続けた。

「僕にバドを教えてくれてありがとうございました。今まで支えてもらったこと感謝しています。おじさんがいなかったら、バドがなかったら、僕はもうとっくにダメになっていたはずです」

おじさんは、うんうんと、ハンドルを握ったまま何度も頷いた。

三上のおじさんは、祐介の父と幼馴染みだった。ちょうど今の祐介と梓のように。

二人は中学のバド部の仲間でもあった。三上のおじさんは高校、大学とバドを続けたけれど、父は高校に入るとやめてしまったらしい。

「祐介のように、全国に出て行けるほど強い選手じゃなかったけど、とにかく続けたんだ。好きだったんだバドが、ばかみたいに」

三上のおじさんは、よくそう言って笑った。

ぐんぐん成長していく祐介を、父よりも三上のおじさんのほうが自慢にし、いつも励ましてくれた。

父がいなくなってからは、いっそう祐介を守ってくれた。経済的な面でも、少なくとも祐介のバドに関しては誰よりも迷惑をかけていた。

今も、バッグの中にあるラケットは、二本ともおじさんからのプレゼントだ。

一本は、日本を代表する選手と同型で、とても祐介に手が届く値のものではなかった。

だからこそ母は、おじさんたちに、祐介たちがどこへ行くのかどんな場所で暮らすことになるのか、伝えなかったのかもしれない。伝えれば、また迷惑をかけてしまう。

いつか時機がきたら、必ずご連絡します。ただ、そんな曖昧な約束だけが取り交わされているらしい。

空港の駐車場で素早く車から降りた祐介を残し、三上のおじさんは意外なほどすぐに車を出した。

そういう約束だったからなのかもしれないし、嗚咽が堪え切れなかったからなのかもしれない。一瞬だったけれど、窓越しに、おじさんの崩れた横顔が見えた。

結局最後まで、梓とも、さようならは交わさなかった。

空港のロビーで、祐介はすぐに、グレーのスーツ姿の一人の中年女性に声をかけられた。

「横川祐介くんね」

「はい」

「そのバッグで、すぐにわかったわ」

「そうですか」

とりあえず、祐介は頭を下げる。

「私は、中島聡子(なかじまさとこ)です。じゃあ、行きましょう」

中島さんはそれだけを言うと、空港のロビーを出て、さっき祐介が三上のおじさんの車から降りたばかりの駐車場に、少し早足で向かっていく。

「どういうことですか?」

その背中に声をかける。

「後で、説明する」

けれど、戻ってきたのは、何の解決にもならない簡単な返事だけだった。

一気に祐介は不安になった。

この人が味方なのか、信用できるのか、どうやって確認すればいい？

「失礼ですが、あなたはどういう方なんですか？」

とりあえず、基本的なことを訊いた。

中島さんは、歩調を少し緩めて、胸ポケットから一枚の名刺を出した。

そこには、女性の自立を支える会というＮＰＯ法人の名と、彼女の名が記されていた。

女性の自立を支える会？

あの町から人目を忍んで母を逃がすことが、母の自立を支えるということになるのか？

まあ広い意味で解釈すれば、そう言えるかもしれない。

こんな紙切れ一枚で、何を信じればいいのかわからなかったけれど、とりあえず祐介は頷いた。

中島さんは祐介に、駐車場に停めてあったシルバーのワゴン車の後部座席に乗るように言った。

祐介は、石橋を叩いても渡らない、と母に笑われるほど用心深い性格だ。

三上のおじさんの車になら躊躇(ちゅうちょ)せず乗り込むが、こんな状況で、見知らぬ人の車に乗り込むことはない。

何も言わず、足を肩幅に開きグッと立ちつくす祐介を見て、中島さんが苦笑した。

「不安なのはわかるわ。だけど、私を信用して欲しいの。お母さんも、私たちがちゃんと責任もってお連れするから」

そう言うと中島さんは、今度は名刺ではなく小さなメモ書きを祐介に手渡してくれた。

そこには、母の字で、「ラブオールプレー」とそれだけが記してあった。

それで十分だった。この人を信じても大丈夫だ、と祐介は大きな安堵のため息をついた。

今度はすすんで後部座席に乗り込む。中島さんも素早く運転席に乗り込んだ。

「あなたのお母さんは、祐介は用心深く慎重な子だけれど、これを見せれば、きっと信用して一緒に行ってくれるはずです、とおっしゃっていた。本当みたいね」

エンジンをかけながら、中島さんがそう言った。

はい、と祐介は頷きながら答えた。

「ラブオールプレーって、どういう意味なの？　バドミントン用語？」

「意味は、０－０、試合を始めます、かな。バドミントンの試合では、主審のこの言葉が試合開始の合図なんです」

「ああ、そうなんだ。そういえば、テニスでもゼロのこと、ラブって言うわね」

「はい」

ラブオール、プレー。バドミントンでは、この言葉からすべての戦いが始まる。

そしてこの言葉に、選手は、様々な想いを込める。

対戦相手はもちろん、審判やコートに立つまでを支えてくれた人たちへの感謝、仲間と分かち合うまっすぐな闘志、諦めない心。

そういうコートで生まれる感情のすべてが、この言葉から始まる。

だから、祐介はいつも感じている。この言葉の重さを。何があっても信じようと思っている。この言葉の指し示す未来を。たとえ、コートを離れた場所であっても。

中島さんは、車を素早く空港から出した。

「せっかく空港に来たのに、またどこかに行くんですか？」

「少し遠くの駅から、電車で行くのよ。空港は念のためのカモフラージュ」

「そこまでするんですか」

「そこまでするのよ。誰にもなるべく迷惑をかけないようにね」

「だけど、最近は、借金の取り立ての人たちもうちに来なくなってきたのに」

「そっちは、うちの弁護士が間に入って、なんとか話はついたからね。問題は、あなたのお父さんの人間関係かな。あなたを送ってくれた人、お父さんのお友達でしょう？　だから、念には念を入れるの。あなたのためっていうより、お母さんのためかな」

父が家を出て行ったのは、やはり借金だけが問題ではなかったのかもしれない。

だけど、三上のおじさんは信用できるのに。

「不満そうね？」

「いえ別に。父の問題って、やっぱり女の人がらみですか？」

「祐介くん、中学三年だったね」

祐介の問いには答えず、中島さんは、そうため息交じりに言った後、黙ってしまった。

そんな子どもには、まだ話せないということか。

だけどその沈黙のおかげで、祐介は、父がある女性に入れ込んで借金を増やし、その女性と逃げたらしい、という噂は本当なんだと察した。

もし借金だけだったら、母が、どんなことをしても父を助けたんじゃないか、と祐介は思っていた。助けられなくても、一緒に逃げたはず。母はそういう人だから。

だけど、そうしなかった。

母は、あっさり父と離婚した。

けれど、父がいなくなった理由などどうでもよかった。もう何年も前から、嫌な想い出どころか父との想い出なんか一つもない。一生、会うことがなくても平気だ。二度と顔も見たくない、声さえ聞きたくない。それが正直な気持ちだった。

ただ、その時、中島さんのため息の裏側にもっと深刻な問題があることを、祐介はまだ知らなかった。

その女性にはちょっとやっかいな男の人がついていて、恋人を奪った父を激しく憎んでいた。そのせいで、母や祐介まで、その恨みの対象になっていた。

居場所のわからない父と女性ではなく、居場所のわかっている祐介たち母子にその害が及ぶことを恐れて、母はあのタイミングで町を離れることを決意した。

それを、祐介はずいぶん後になって知った。

北海道を離れ、東京で小さなビジネスホテルに一泊し、その後で、神奈川の横浜市にあるウィークリーマンションに移った。そこで、ようやく祐介は母と合流できた。

母は、祐介の元気そうな顔を見て、何度もよかったと呟いた。

一週間、そこで静かに過ごした。食べ物やその他の必需品は、中島さんが運んできてくれた。借金の取り立てが厳しかった頃に比べれば、何でもないような不自由さが少しあった程度だ。

ただ、体力の衰えだけが心配で、せめて、人目につかない深夜か早朝に走りに出て行きたかったけれど、慣れない土地でのランニングに、母は首を横に振った。仕方なく、祐介は、部屋で腹筋と腕立てを繰り返した。

ちょうど一週間目の木曜日、二人の男性が訪ねてきた。

母がお茶を淹れ、小さな備え付けのテーブルに、母と祐介は二人の客と向かい合って座った。

それぞれが一口お茶を飲んだタイミングで、一人の男性が、弁護士の重村ですと、名乗った。祐介をここまで連れてきてくれた中島さんと同じＮＰＯの人だった。

母は、重村さんに、というよりその隣に座る穏やかな雰囲気の人に深くお辞儀をした。

「祐介くん、こちら、横浜湊高校のバドミントン部監督、海老原先生です」

重村さんが、その人を紹介してくれた。

その人の名前には覚えがなかった。けれど、横浜湊高校の名前は知っている。

野球では甲子園の常連で他の運動部も多くが全国区の学校だったから。

それに確か、バドミントンでもインターハイに出ていたはず。

インターハイ、それは、祐介が夢に見て、諦めた舞台だった。

「はじめまして、海老原です。君のプレーは福島で拝見しました。最後の試合は惜しかったですね。ただ、それまでの君の奮闘を思えば、体力的には限界を超えていたのかもしれません」

海老原先生は、優しく微笑んでくれた。

「ありがとうございます」

祐介は、頭を下げた。

祐介が頭を上げるのを待って、海老原先生は、真摯な眼差しで祐介を見つめ、そしてこう言った。

「横浜湊は、正直言って、やっとインターハイに出られるようになった、その程度の環境です。だから、君のような、全国でも上位の選手を誘うのは申し訳ない気もするけれど、君さえよかったら、うちに来てくれませんか？」

祐介はあまりに意外なその申し出に、驚きすぎて何も答えられなかった。

戸惑い、黙ったままの祐介に母は言った。

「祐介、私はとてもいいお話だと思うの」

「だけど」

それどころじゃないはず。

この先、どこに暮らし、どんな生活になるのかわからないのに。

バドをやめないと梓に約束はしたけれど、インターハイを目指す環境でバドを続けられるなんて、それは期待も想像もしなかったことだ。いや、最初に、祐介が自分の未来から抹殺した夢だ。

「祐介くん、海老原先生は、君の事情もちゃんと御存じだ」

「私立の学校は向こうにいても難しいと思ってました。授業料も全額免除してもらわないと無理だし、父のこともあるし」

重村さんは、大きく二度頷く。

そして、横浜湊への進学には、入学金や授業料の心配が要らないこと、祐介の家庭の事情はきちんと説明してあって学校側も了解済みであることなどを、淡々と話してくれた。

「だからこそこちらに来てもらった。もちろん、今の君たちの状況は、私たちが必ずなんとかします。ただ、やはりある程度の時間も必要です」

わかります、と言いながら、一方で祐介は首を捻ってしまった。

あの町から、あの生活から、抜け出させてもらっただけでもありがたいのに、高校への進学、それもバドミントン強豪校への進学を勧めてもらえるなんて、いったいどういうわけなんだろう。

ありがたいとは思っても、そうすんなり納得も信用もできなかった。

そんな祐介の不信感あらわな表情に、重村さんは苦笑を浮かべながら、それでも穏やかな声でこんな説明をしてくれた。

「私たちの団体は、理不尽な理由で暴力や暴言にさらされている人たちをその環境から救い出し、自立を援助し、新たな生活への第一歩をお手伝いすることを目的に設立されました。職員のほとんどは他に仕事を持っていて、援助と引き換えに報酬は受け取りません。ですから、誰でも彼でも救う、というわけにはいきません。ご相談のあった案件を吟味し、相手の方と何度もお話しして、どうしても必要だと判断した方、なおかつ私たちの力で援助できると判断した方のみを、全力でサポートします」

「でもそれじゃあ、大変なだけで、重村さんたちは何も得しないのに」

「得なんかしなくていいんです」

「どうしてですか？」

「他のメンバーのことはわかりません。おそらく理由は人それぞれです。ただ私に関して言うなら、同じように手を差し伸べてもらった経験があるから。その手がなかったら今の自分はない。それが理由です」

それ以上は尋ねなかった。

なんだか話ができすぎている気もしたし、納得したわけでもない。

だけど、こうも思った。

自分も、同じ立場になったら、見返りなんていらない。きっと全力で手助けをする。

「君のお母さんが、私たちに初めて連絡を下さったのは、半年ほど前のことです。お母さんは、たった一つのことだけを望まれました。暴力や脅しのない環境で、君が、安心してバドミントンを続けられること」

母らしい。祐介が母の横顔に視線を向けると、母は照れたように俯いてしまう。

「だから、そのことを一番の条件に、君の進学先を探しました」

いくつかの候補から、バドミントン部だけでなく他の条件も考慮し、母の意見も聞いて、選ばれた進学先が横浜湊高校だった。

「全国区の部活が多くスポーツ推薦枠が多いこと、勉強にも力を入れていること、それに何よりこの海老原先生なら安心して君を預けられると確信したからです」

重村さんは、海老原先生に頭を下げながらそう言った。

「祐介、あなた、バドミントンを続けたいんでしょう?」

「ああ。だけど、どんな形でもいいと思ってた。っていうか今も思っている。中学を出たら働くつもりだったし、空いた時間でなんとかシャトルを打てればそれでいい」

母は首を振った。

「高校には行ってちょうだい。勉強もバドミントンも、ちゃんとやらなきゃだめ」

「けど」

「大丈夫、私は、体が弱いわけじゃない。栄養士の資格もあるし。都会なら仕事もあるわ」

「そうかもしれないけれど」

あんなに、念には念を入れ逃げてきたのに、自分が少し名の通った高校でバドミントンを続けたら、雑誌の片隅やネットに名前が載ってしまうかもしれない。そうなれば、父や、別の誰かにも、自分たちの居場所が簡単に知られてしまうんじゃないのか、とも思った。

「君が高校に入るまであと半年。その間に、私たちは、君たち母子が抱えている問題をほぼ解決できると思っています」

祐介の顔色を読むように、重村さんが答える。

「だからそれまでの間、少し不便な生活になるかもしれないけれど、我慢して欲しいの」

母は、祐介に小さく頭を下げる。

「我慢って？」

「安全が確認できるまで、お母さんは、中島が面倒をみている女性だけのケアハウスで暮らしてもらいます」

「えっ」

無意識に、祐介は首を横に振っていた。

「お母さんは仕事を見つけ、ちゃんと君を育てられるように経済的にも自立しなければなりません。私たちはそれを全力でサポートします。幸い、君のお母さんには仕事に有利な資格がある。今、抱えている問題さえ解決すれば、君はまたお母さんと一緒に暮らせるはずです」

客観的に見れば、我慢という言葉もあてはまらないほどの厚遇なのだろう。見返りが何一つないのに、ここまでしてもらえるなんて、むしろ怖いほどだ。

「わかりました」

だから、祐介は頭を下げるしかなかった。

「でも、なら僕はどこに？」

「祐介くんは、海老原先生のお家に下宿してもらいます。横浜湊への入学まで、そこから、近くの中学に通ってもらいます」

高校に入学する頃には、きっとお母さんと一緒に暮らせるはずですよ、と重村さんはつけ加えてくれる。

「それはちょっと」

母と離れ離れになるのは、我慢しよう。でも、今日会ったばかりの海老原先生に迷惑をかけるのは嫌だった。

もし、横浜湊高校でバドミントンを続けることになるのなら、海老原先生とは長いつき合いになるはずだ。それならなおさら、バドミントン以外のことで迷惑をかけるのは避けたい。

「それは私への遠慮ですか？」

それまで黙ったまま祐介たちのやりとりを聞いていた海老原先生が、ようやく口を開いた。

「いや、はい」

「配慮も遠慮も無用です」

「でも、僕は、まだ横浜湊の生徒でもありません」

「だから私のところに。正式に入学する前だと主に野球部が使っている寮も使えませんから」

「そういう意味じゃなくて」

わかっています、と海老原先生は笑う。

「君はバドミントンの実績だけでなく学業の成績も問題はなく、推薦入学には何の支障もありません。君の入学はすでに決まっているも同然です。問題はむしろこちら側にあります。君にはもっといい環境もあるのだから」

「そんな。僕にはもったいない場所だと思っています」

「私は君の才能をかっています。それ以上にバドミントンへの君の姿勢を尊敬しています。福島で、君がチームを鼓舞する姿に、私はとても感銘を受けました。もし君がチームを率いてなければ、初戦で負けていても不思議じゃなかった。あそこまでチームを引き上げたのは、君のバドミントンに向き合うまっすぐな想いだと感じました。そんな君と過ごす時間が、私はとても楽しみです」

思いもよらない、深くて温かな言葉だった。

この先生は、ただ全国でベスト8に入っていた子、というだけでなく、ちゃんと祐介のプレーを見て祐介のバドミントンへの向き合い方を認めて、その上で大きく手を広げて受け止めてくれようとしている。

嬉しかった。

だから、祐介は素直に、深く頭を下げた。

「お世話になりたいと思います」

そう言いながら、海老原先生は穏やかに微笑んでくれた。

「こちらこそ、よろしくお願いします」

隣で母が、テーブルに額を擦り付けるように、重村さんと海老原先生に頭を下げていた。

堪えていた涙がこぼれそうになる。けれど必死で我慢した。

「ありがとうございます。バドをやりたかったんです、諦めたくなかったんです」

涙の代わりに、祐介の口から本音がこぼれた。

海老原先生は祐介にそう言って右手を差し出し、祐介はしっかりその手を握りしめた。

「一緒に頑張りましょう」

翌日には、母と祐介は、それぞれの場所に移動した。

海老原先生の家まで、祐介には中島さんが付き添ってくれた。

先生は部活の指導で学校に行っていて留守だったけれど、家には奥さんの一美さんと七歳になる娘さんの美湖ちゃんがいて、祐介を温かく迎えてくれた。

用意してもらった部屋は六畳の洋室で、東側に窓のある気持ちのいい部屋だった。机とベッド、古い辞書が数冊入った小さな書棚もある。

ベッドのすぐ脇に、小さな段ボール箱が二つ置いてあって、一つの箱には祐介の着替えとバドミントンのユニフォームが入っていた。

全国大会で着ていたチームのユニフォームもあった。

洗濯機の横に洗わずに置いてきたのに。きれいに洗濯されていて、顔にあてるといい香りがする。

もう一つには、簡単な勉強道具と学校用のバッグが入っていた。

「あなたの家から、何かを持ち出したことがばれない程度に運んできたんだけど、とりあえず、これで足りるかしら?」

「ありがとうございます」

「新しい中学の制服と学校指定の体操着は、卒業生に譲ってもらった着古しで申し訳ないんだけど、そこのクローゼットに用意してあるわ。後で確認してね。サイズが合わなかったら遠慮なく言ってちょうだい。夏休みの間になんとかするから」

「はい」

「それから、これはお母さんから預かったお金です」

中島さんが差し出した封筒には、一万円札が六枚入っていた。

祐介は、慌ててそれを中島さんに戻した。

「僕に、お金は必要ないです。それに、うちにそんなお金あるはずないし」

「あなたが貯めたお年玉だって、聞いてるけど？」

「えっ」

そういえば、まだ、家庭がちゃんと機能していた頃、父や祖父母にもらったお年玉を、祐介は毎年郵便局に預けていた。

ここ何年かは、そんな余裕もなかったので、通帳もハンコも母に預けたまま忘れていたけれど。

「バドミントンって、結構お金かかるんでしょう？　ガットが切れたら張り替えなきゃいけないし、成長期のあなたは、靴だって頻繁にサイズが変わるってお母さんおっしゃっていたわよ。そのたびに先生に迷惑かけるわけにいかないでしょう？」

祐介は頷く。

バドを続けるのなら、練習だけだとしても、ある程度のお金は必要だ。

祐介はもう一度それを受け取り、机の引き出しにしまう。

翌日、また迎えに来てくれた中島さんに連れられ、夏休みが終わったら通うことになる中学に挨拶に行った。

学校の応接室では中島さんは席を外していて、祐介は一人で、卒業までの半年間世話になる担任の河合先生と向き合った。

「君のお母さんと中島さんから、事情は先に聞いてます」

「母にも？」

いつの間に？

「昨日、私のほうから出向いてお母さんとは話をさせてもらいました。横浜湊の海老原先生とも話をしましたよ」

「そうですか」

レールはしっかり敷かれていて、自分はその上を走っていくだけか。

ありがたい。だけど、自分が子どもで何の力もなく、母を守りたいのに守られることしかできないことを、祐介は少し悔しく感じた。

「君は、あの横浜湊高校への進学も決まっているようだから、この時期、ふつうなら一番の心配事はもう解決しているわけだよね」

そう言った後で先生は一度手元のファイルに視線を落とすと、「それにしても、全国ベスト8なんて、本当に凄いね」と、祐介に優しく笑いかけてくれる。

祐介がありがとうございますと頷くと、河合先生はこう続けた。

「もう少し君の転校が早かったら、うちのバド部も全国に行けたかもしれないな」

祐介は、そこは曖昧な笑みでやり過ごした。

一人、強い選手がいても、チームが強くなるわけじゃない。

チーム全員が、同じ気持ちで強くなりたいと願い、力を合わせ懸命に努力を重ねなければ、エースの活躍は無意味だ。いや、活躍の場さえない。

事実、天才遊佐賢人のチームでさえ県の代表になれない。遊佐が活躍するのは、個人戦のシングルスのコートだけだ。

だけど、そんなことをここで言っても仕方ない。

「三年生は部活を引退してるけれど、もし練習をしたいのなら、私からバド部の顧問に話をしてみるけど」

祐介は、首を横に振った。

「やっぱりやりにくいか。誰のことも知らない、しかも後輩ばかりのチームに入るっていうのは」

「僕は、どんな環境でもバドができればいいんです。だけど、僕のせいでチームが気まずくなるのも申し訳ないので、練習の場所は他で探します」

たとえ、汗と涙をともに流してきた元の中学のチームでも、夏が終わって、それでも先輩面をして体育館に通えば、多少の軋轢(あつれき)はあったはずだ。

転校したばかりでしかもすぐに卒業する身だ。何一つ貢献できないチームに迷惑はかけられない。

「そうか。だけど、もし適当な場所が見つからなかったら、相談して欲しい。私のほうでなんとかするから」

「ありがとうございます」

練習場所のことは心配していなかった。あの海老原先生なら、きっとその準備もしてくれているはずだ。

「君に事情があることは聞いている。大変だろうけど頑張れよ」

「はい」

少なくない人に差し伸べてもらった手を、惑いながらもつかんできたのだから、どうしたって、頑張るしかない。自分にできるのはそれだけだ。

「だけど、そんな心配、君には必要ないかもしれないな。ある意味、君はとても恵まれているんだから」

「どういう意味ですか？」

意外な言葉に、思わずそう尋ねてしまった。

「君には守るべきものがある。お母さんとの生活、バドミントンを続けて今よりもっと強くなるという夢、それから勉強ができる環境」

勉強か。

そういえば、最近まったくやってない。中学を出たら働かないと、と思っていた頃には、今しかできないからと時間を惜しんで問題集を広げていたのに。しかも、ふつうなら、受験勉強に必死に取り組んでいる時期だ。

だから、少し気まずい笑顔になっているはず、今の自分は。

「教師になるのが夢だって、お母さんに聞いてるけど？」

祐介は、とりあえず頷く。

大人になったら先生になって、バドの楽しさを子どもたちに伝えたい。祐介は母に何度かそんな話をした。

「夢は叶うよ。君が諦めないかぎり。だから頑張れよ」

父のことがあって、もうずいぶん前に見もしなくなった夢だけど。

「はい」

みんな同じことを言う。

諦めるな。頑張れ。

身近な人ならともかく、今日会ったばかりの人まで。

そんなことわかっている。だから、梓が言ってくれた言葉だけで、祐介には十分だった。

「なんだかな」

「はい？」

「そんなこと言われなくてもちゃんと知ってる。だから放っておいて欲しいって、君の顔に書いてある」

「すみません」

祐介は、熱くなった顔を隠すように頭を下げる。

「謝ることじゃないさ。けど、たかが十五で、そんなわけ知り顔になるっていうのも、なんだかちょっと不憫（ふびん）かなと。失礼だったらごめんよ」

「いえ」

祐介は、視線を下げたまま首を横に振った。

「あとたった半年だけど、卒業式では、少し寂しいな、と思ってもらえるよう、君のことも他の子と同じようにサポートするつもりだ」

「よろしくお願いします」

姿勢を正して深々と頭を下げる祐介を見て、河合先生は、ため息交じりにこう言った。

「もっと肩の力を抜いてリラックスしろよ。このおやじうぜえ、って顔したっていっこうにかまわん」

祐介は、少し、噴きだしてしまった。河合先生は、ああその調子、と言って笑い返してくれた。

それから卒業まで、河合先生には本当にお世話になった。

卒業まであとわずか、そんな時期に転校してきた祐介が、いじめや必要以上の詮索にそれほどさらされなかったのは、みんな先生の配慮のおかげだった。

本当に短いつき合いだったけれど、祐介にとって、忘れられない出会いだった。

横浜湊に入学するまでの半年、バドミントンの練習は、海老原先生の指導の下、横浜湊で高校の先輩たちに交じって行うことができた。

レベルが高く志のあるチームでの練習は、祐介にたくさんの喜びと刺激を与えてくれた。苦しいけど楽しい、辛いけどやりがいがある。そんな時間の繰り返しだった。

そして何より、思いもよらないとびきりの出会いが、横浜湊のコートにはあった。

その出会いは、祐介が横浜湊の練習にも少し慣れ、体力的にもなんとかついていけるようになった秋の初めだった。

アップが終わり、チームは五面のコートに分かれ、アタック練習に入っていた。

最近よく見かける入学希望の見学者が今日もやってきたなと思っていたら、祐介は、すぐに海老原先生に手招きされた。

小走りで駆け寄っていく。

その途中から、祐介の心臓は、ドクンドクンと半端じゃない大きな音をたてだした。

なんで？　なんで、あいつがここに!?

「横川くん、こちらは遊佐賢人くん」

ちゃんと紹介されると、よけいにテンションが上がった。

目の前に、ずっと憧れだった遊佐賢人が立っている。

あの日福島で、直接の対戦をどれほど願っただろう。けれど直前に、力及ばず敗れた。

それでもそのプレーを間近で感じたくて、祐介は、中学のチームメイトと、遊佐賢人が準決勝を戦うコートのそばに陣取り、祐介が接戦の末敗れた選手が、圧倒的な力の差を見せつけられ、自らミスを連発し敗れ去っていく様を見つめていた。

だけど、たとえ自分がそれ以上にひどい目に遭ったとしても、やりたかった。遊佐賢人と、真っ向から勝負したかった。

「練習に参加してもらうから、悪いけど、ストレッチから一緒にやってくれるかな?」

「はい」

海老原先生の指示に、高鳴る胸の鼓動を抑えながら、祐介は頷く。

何が何だかわからない。

この天才プレーヤーが、なぜここに? そんな疑問は当然あった。

横浜湊は、祐介にとっては願ってもない環境だが、はっきり言って、遊佐賢人が進学を考える場所ではない。

全中のシングルスを二連覇している遊佐なら、全国区の名立たる強豪校がスカウトに来ているはずだ。

一緒に見学に来ている遊佐の父親も、元オリンピック選手で何度も全日本を制覇した、バドミントンの世界では超有名人だった。目標が、インターハイ連続出場という学校では、その父親にとっても、話にならないレベルのはずだ。

海老原先生も、若干戸惑った雰囲気を隠そうともしていない。

いつも冷静沈着な先生だけど、おそらく、遊佐賢人の参加があまりに予想外で取り繕う余裕がなかったのだろう。

遊佐と二人で一緒に体をほぐし、怪我のないよう体を温めた。

そばで見れば、その筋肉のつき具合、バランスが見事だった。どれほどのトレーニングを積めば、中学生でこれほどの体が作れるのか。

トップに君臨する人間は、やはりそれに見合う努力を続けているのだ、と人一倍努力してきたと自負していた自分自身を祐介は恥ずかしく感じた。

基礎打ちでは、その美しいフォームとラケットワークの正確さに驚く。

シャトルを打つ、その音が美しくリズミカルな音色を奏でる。動きのすべてに無駄がなく、それでいて閃きにも満ちている。

速くて重い。そして何より正確だ。

本当に凄い。これが、本物の天才の姿。

祐介は、ただの基礎打ちで、心から感動していた。

どういう気まぐれで、遊佐が横浜湊の練習に参加したのかは知らない。

だけど、これきりかもしれないのなら、なおさら、思う存分この出会いを楽しもう。

祐介は、シングルスの試合形式の練習でも、ダブルスの練習でも、持てる力のすべてで、遊佐賢人と向き合った。

もちろん、祐介だけではない。

チームの先輩たちも、不安と喜びをまぜこぜにした熱気を隠そうともせず、弾むようにコートに出て行った。

そんな中、横浜湊のエースである部長の菱川(ひしかわ)さんだけが、冷静にいつも通りのプレーを見せていた。

そして菱川さんだけが、シングルスでもダブルスでも、遊佐に勝ちを譲らなかった。

その事実が、舞い上がっていた祐介を、少し鎮めてくれた。

天才プレーヤーでも、勝てない相手はいる。

もちろん菱川さんは、横浜湊を率いてきた二年上の、ただ一人の全国上位の実力者だが、果てしなく遠い存在ではない。

ということは、自分も追いかけることができるのでは？　この天才プレーヤーの背中を。今日の自分より強い明日の自分がいれば、いつか追いつけるのかもしれない。

新しい発見もあった。

遊佐賢人と組んで戦った、県の覇者、菱川・丸本ペアとのダブルスの練習試合。

そんな強豪ペアと対戦したからなのか、競技人生の中で初めての感触を祐介は得る。それは、熱気と冷気が融合し、弾けるように何かが生まれでる瞬間の躍動感。

新鮮だった。とても心地よかった。

だから、心も体も、震えながら渇望した。この躍動感をずっと抱いていたい。

中学では、祐介は、シングルスの試合に専念していた。けれど、ダブルスの経験がないわけじゃない。

練習試合ではチームの誰とでも組んで戦ったし、幼馴染みの梓と組んで、ミックスダブルスの試合も仲間内では何度もやったことがある。

ミックスダブルスでは、通常、男性は後ろに、女性は前に位置取る。ローテーションはほとんどせず、トップ&バックで戦う。球を上に上げたら、その時点で失点を覚悟しなければならない。

力強い男子のスマッシュを女子がレシーブするのは、やはり難しいからだ。もちろんレベルが上がれば例外も多いけれど。

祐介が後ろから力強く低い弾道の球でラリーをコントロールし、前の梓が得意のネット際のプレーで相手のミスを誘う。それが二人の得意のパターンだった。

だから、自然と体がそういうふうに動いたのかもしれない。

あるいは即席のペアだから、へたにローテーションなど考えないほうが無難だと、お互いにそう思ったからかもしれない。

祐介は、ほぼ後ろから、前に出た時もラリーをコントロールしチャンスを演出することに専念した。ミスをしないように丁寧に球をとらえ、コースを選んだ。

遊佐は、当たり前だが、梓の何倍も巧みだった。

祐介が意図した場所で球を待ち、祐介が演出したチャンスを、絶対に逃さなかった。

ただ絶対的なシングルス選手特有の身勝手さもあり、それがポイントにつながることもあったけれど、多くは次の自分たちのミスを誘う原因になった。

結局、菱川さんたちには負けたけれど、純度の高い見応えのあるラリーが何度も続き、今までに経験したことのないほど高度な技が、遊佐だけでなく自分白身のラケットから生み出されていく様を、祐介は、驚きと誇りを持って経験した。

　そして意外なことに、遊佐も、このダブルスを楽しんでいるようだった。

　なぜなら、練習が終わった後、遊佐は、祐介だけに聞こえるようにこう言ったからだ。

「きっと、ここへ来るよ。お前と一緒にシャトルを打つ。……受験がうまくいったら」

　心の底から驚いた。

　遊佐は、一般入試で横浜湊に入るつもりだという。しかも特別進学コースを受験するらしい。特別進学コースは、毎年、難関大学にその大半を送り出す。全国区の部活動とは別の意味で、横浜湊の看板を背負っている生徒たちの集まりだ。

　遊佐は、インターハイ優勝を目指しながら、そのコースで勉強も頑張るつもりらしい。

　まったく、天才っていうのは、バカと紙一重だな。考えていることが凡人には少しも理解できない。それが、その当時の祐介の感想だった。

　だから、夕食を一緒にとっている時に、海老原先生に聞いてみた。

「だけど、なんで横浜湊なんですかね」

　しかも、特別進学コースだなんて、とは言わなかったけれど。

　とても失礼な言葉だったが、海老原先生は苦笑さえ浮かべなかった。

　どうやら、祐介以上に戸惑っているようだ。

「さあね。まだなんとも」

「先生の人柄に惹かれたんですね、きっと」

他には考えられなかった。

「それはないな。遊佐くんとは面識がないから」

だけど先生は、きっぱり否定する。

「どこかで先生の評判を聞いたとか？」

「私の評判なんて、祐介、君の評判の足元にも及ばないよ」

そんな、と言いながら、正直そうかもしれないと思った。

活躍すれば、選手の名前はすぐに広がっていくが、指導者の名が有名になるには、長年にわたる、かなりの実績が必要だ。

たとえばインターハイを連覇している埼玉ふたば学園の監督のように。

「だけど、遊佐は、湊へ来るんですよね」

「本人の意志は固そうだったが、どうかな。お父上の意向もあるだろうから」

「ですよね」

結局、遊佐は、横浜湊への進学を決めた。

入学試験に合格したと遊佐が連絡をくれたのは、ＬＩＮＥではなく電話だった。とても短い電話だった。だけど、嬉しそうな、誰もがみんな幸せになれそうな、本当に弾んだ声だった。

秋口からまだ半年足らずのつき合いだが、祐介は、遊佐の前向きでひたむきな性格に魅せられ、コートの中だけでなくそれ以外でもかけがえのない友人だと感じていた。

遊佐といると、何もかもがポジティブに明るく進んでいく気がする。

遊佐の電話の直後、一緒に暮らす部屋が決まったと、待ちに待った母からの連絡がきたのは偶然だろうが、祐介は、なんとなく遊佐が持っている陽の気が自分を引き上げてくれているように感じた。

そんな遊佐が、なぜ横浜湊を選んだのか。

その理由は、やはり遊佐らしいというか、遊佐のひたむきさを象徴しているような、けれど祐介には理解しがたいものだった。

遊佐はたった一枚のポスターに心を奪われた、らしい。

中学の廊下に貼ってあった横浜湊のポスターのモデルにひと目惚れし、その女子に近づきたい一心で横浜湊を受験した。

モデルの名前は水嶋里佳。

祐介たちより二つ上の学年で特別進学コースに在籍していた。凛とした美人で、しかも入学した時からずっと首席という、学校で一番有名なマドンナ的存在だった。

ただ、もはやどうでもいいことだが、里佳さんと先に親しくなったのは祐介だ。

里佳さんの担任だった海老原先生が、里佳さんに勉強を教えてもらえるように取り計らってくれたからだ。

最初に紹介された時には、祐介も里佳さんに見惚れた。テレビ画面の中にしか、あんなに綺麗な人はいないものだと思っていたから。

おそらく学校中の男子が、もしかしたら女子だって、里佳さんに見惚れた経験があるはずだ。

だからといって、祐介にとって、里佳さんは恋愛の対象ではなかった。

とんでもない高嶺（たかね）の花だったし、あの頃の自分にそんな余裕はなかったということもある。だけどやはり、心の真ん中に梓との約束があったことが一番の理由だろう。

二度と会えないかもしれないと恐れながら、いつかきっと会える、いつかきっと同じコートでシャトルを打つんだという希望を、あの日の梓との約束通り、祐介は持ち続けている。

そしてその希望が、母と別々に不安定な日々を送っていた頃もそれからも、祐介の根っこを支えていた。

親しき仲にも礼儀あり、を実践するように祐介は里佳さんに接した。かえってそれがよかったのか、里佳さんは祐介のことをとても気にかけてくれた。

今まで、バドミントン以外に何もしてこなかった祐介に、里佳さんは、色々なことを教えてくれた。

苦手な数学も、里佳さんのおかげで抵抗がなくなった。バドミントン雑誌以外、活字など読んだことがなかったのに、勧めてもらった本がきっかけで、読書にもはまった。

生まれて初めて、バドの他にもたくさんの興味深いものがあることを知った。

家庭の事情や梓との約束も、里佳さんになら素直に話せた。

「もう一度、誇れる自分に成長して梓に会いたい。叶わないかもしれないけど、諦めたくない夢なんです」

そう言った祐介に里佳さんは、海老原先生の口真似をして、腕組みしながらこう応えてくれた。

「夢は叶うよ。でも見ているだけじゃダメだ。ちょっとばかり運がよくたってどうしようもない。いつだって夢は、少しの才能とたくさんの努力の先にある」

祐介は里佳さんと顔を見合わせて笑った。

久しぶりに、大きな笑みを浮かべられた気がした。こんなふうに、たぶんある時期まで、遊佐より祐介のほうがずっと里佳さんと親しく心を通わせ合っていた。

その里佳さんには、愛しているといってもいい弟が一人いて、偶然にも中学でバドミントン部に所属していた。

「朝から晩まで、バドのことしか考えてないのよね。まあ、何ごとも考えなければ進歩しないけど、考えるためには、よき指導者も必要。だから、祐介がうらやましいわ。海老原先生なら、きっと、たとえ亮がバドでは使い物にならないレベルの選手でも、バドを通して確かな核になるものをあの子に植えつけてくれるはずだから」

「じゃあ、横浜湊に進学するよう勧めてみればいいじゃないですか」

「そうなれば嬉しいいんだけど」

などと里佳さんと雑談していたことがある。

けれど、まさか本当に、その弟、水嶋亮が祐介たちの一年後横浜湊に入学し、インターハイ優勝への険しい道のりをともに戦うチームメイトになるなんて、当時は想像もしていなかった。

水嶋は、運動能力の高さと半端じゃない吸収力、そして誰よりも強くバドを愛する心を武器に、わずか一年で県のトップレベルに駆け上がってきた。そして、二年目の、祐介たちにとっては高校最後の夏には、なくてはならない頼もしいチームメイトに成長していた。

第三章　想い出はいつも仲間とともに

「横川、明日から、チーム横浜湊、よろしくな」

高校二年の夏、インターハイが終わった直後に、祐介は新しい部長に選ばれた。

その日、前部長の本郷（ほんごう）さんと祐介は、引き継ぎのため二人で部室に残った。

細々とした日々の仕事、試合での役割、監督の海老原先生との連絡の取り方、他の部員への指示の範囲など、身につけなければならない部長の仕事は間近でずっと見てきた以上にたくさんあった。

「頑張ります。自信はまるでないんですが」

「俺に比べれば、お前はもはや立派すぎるほどだ」

「そんなことはないです」

謙遜ではない。

祐介には、部長として、この個性溢れる実力者たちをまとめていく自信などまったくなかった。

「俺も、部長なんか嫌だって、ずっと思ってたよ」

本郷さんは、そう言って笑う。

「えっ？」

「日々の仕事が面倒だとかそういうことじゃない。俺は、結構そういうのは苦にならない」

「じゃあ？」

「前の部長の菱川さんは、チーム一の実力者でしかも強いリーダーシップを持っていた。だけど俺にはどちらもない。後輩の遊佐やお前に勝てないどころか、歯も立たないような俺がリーダーになっても、誰もついてこないって思ってた」

驚いた。

本郷さんは、冷静沈着、常に広い視野でチーム全体に目を配れる、リーダーになるべくしてなったような部長だった。

もちろん、強い選手でもある。

全国区の菱川さんや超高校級の遊佐に比べれば、それは確かに見劣りする部分はあったが、レギュラーとしてダブルス、時にシングルスでもずっとチームに貢献していたし、粘り強く、厳しい状況を背負って戦う時のメンタルのタフさはピカイチだった。

本郷さんが、そんな理由で自分が部長に向いてないと考えていたのなら、祐介にもその資格はない。

本郷さんと祐介は、シングルスでは勝ったり負けたり、実力にそれほど差はない。

むしろ、後輩の水嶋や松田は、すでに祐介を脅かす存在になっていた。

つい最近、水嶋には、シングルスの試合形式の練習ですでに負けていた。初めて負けたけれど、正直もう二度と勝てる気がしなかった。

試合を決めた水嶋の煌めくような一打が、祐介の脳裏を離れない。

こいつは、俺も、もしかしたら遊佐をも超えて、どんどん高みに上っていくんじゃないか、祐介はそんな想いで背筋が冷え、逆に胸が熱くなった。

シングルスの実力もその程度なら、ダブルスだって、インターハイを制したとはいえ、パートナーが遊佐でなければ成しえなかったことだ。決して自分の実力だけで駆け上った場所ではないと、祐介自身が一番わかっていた。

何はともあれ、この一年、本郷さんの戦う姿勢に鼓舞されながら前へ進んできた。それが祐介の実感だった。

夢だった全国制覇は叶わなかったけれど、王者に挑戦する権利を得たのは、本郷さんが率いてきたチームが残した確かな結果だった。

「だけど、やってよかった、と今は思っている。俺はチームの夢を叶えることはできなかったけれど、その志を継いで夢を次につなぐことはできたと思うから。そして、最後の最後に、それこそが横浜湊の部長の役目だったとわかったんだ」

「志を継いで夢をつなぐ」

祐介は、自らの胸に刻み込むように、その言葉を繰り返してみる。

「そうだ。夢を叶えるために、誰よりも厳しい場所で誰よりも力を尽くす。そうすることで、たとえ夢が叶わなくても、次の世代に夢をつなぐことができる」

「はい」

祐介は、スッと背筋を伸ばして答えた。

「だけどお前なら、お前たちのチームなら、夢を叶えて、さらに夢をつなぐことができる、と俺は信じている」

「遊佐がいますからね」

本郷さんは、少し顔をしかめて沈黙を挟んだ。そして、今までより厳しい声色で話を続けた。

「もちろん、遊佐がいなければ横浜湊のインターハイ優勝はありえない。だけど、遊佐だけでは無理だ。遊佐には、お前が、仲間が必要だ」

「そりゃあ、ダブルスは一人ではできないけど、パートナーが俺でなくても、遊佐はちゃんとやりますよ」

「本当にそう思ってる？」

本当はどう思っているのか、祐介にもわからない。

むしろ、そのことを深く考えないことで、コートでの遊佐との関係をなんとか作り上げてきた気がする。

「お前じゃなければ、あいつのダブルスは成立しない。ということは、確実な一勝がなくなるわけだから、チームの夢も遠のく」

祐介は、黙って本郷さんの言葉をかみしめる。

少し前からわかっていたのかもしれない。

自分がどんなタイプの選手で、チームにとってどんな存在なのか。

だとすれば、どんな道を行けば、チームにとって一番有効なのか。

「遊佐だけじゃない。次の世代の水嶋や榊、松田、ダブルスでお前たちに続こうと懸命に頑張っているツインズにとっても、お前は大切な司令塔だ」

「はい」

そうだ。

部長になるということは、チームをさらに高みに押し上げるためなら何も厭わないという決意をすることだ。

それなら、俺の行く道は、はっきりしている。

「俺は、部長として、本郷さんがつないでくれた夢を叶えるよう努力します。そして、次の仲間につなぎます」

「お前らしく、お前のチームを引っ張っていけばそれでいい」

本郷さんは、祐介の肩をポンポンと叩いて、先に部室を出て行った。

入れ替わるように、遊佐がやってきた。

本郷さんと引き継ぎがあるから先に帰っていい、そう言っておいたのに。

どうせ腹が減っているんだろう。だけどお一人様ができない男だから、引き継ぎが終わるのを待っていたに違いない。

「もう終わりだろ？　何か食ってから帰ろうぜ」

やっぱり。思わず笑みがこぼれる。

「こんな時間に食ったら夕飯食えないし」

「俺の腹は効率よく消化するんだよ」

俺は無理なんだよ。そういうぜいたくを欲する体には育ってないんだから。

「部長就任祝いにコーラ奢ってくれるんなら、一緒に行ってもいいけど」

母は、特別な事情がない限り、どんなに仕事が忙しくても祐介の食事の用意を欠かしたことがない。だから祐介も間食はしないようにしていた。

だけど、今日はつき合ってやるか。

こっちも話したいことがある。

「コーラでも、オレンジジュースでも、何でも何杯でも飲め。奢ってやる」

どうせドリンクバーだろうが。

そりゃあどうも。祐介は笑って肩をすくめる。

「早く行こうぜ」

祐介の小さなため息を足で蹴飛ばすように、遊佐は祐介を急きたてる。

二人で駅前のファミレスに入った。

まあ、たいてい、ここか通りを挟んで向かい側にあるファストフード店だ。

遊佐は、豪胆に見せかけるのがうまいが、バドミントン以外では、基本的に超保守的で冒険心のかけらもない。

新しい店の開拓なんて、遊佐には無理だ。

ファミレスも、どこの駅前にもたいていあるファストフードの店にも、祐介が一緒でないと、テイクアウトのためでさえ入れない。

幼い頃からバドミントンだけにすべてを捧げてきたせいで、ふつうの小中学生が経験することをまったくと言っていいほどしていないせいかもしれない。

ファストフード店だけでなく、ゲームセンターにも入ったことがないし、コンビニでジャンクフードを買ったこともないらしい。

有名なアニメもドラマもほとんど見たことがなく、ヒット曲もあまり知らない。

女子に恋したのも、ポスターで見初めた里佳さんが初めてで、その日から二度目の夏を迎えるが、未だにほとんど進展がない。

諦めが悪いというのか晩生にも程があるといえばいいのか。

祐介だって偉そうなことは言えない。経済的な問題もあり、そういったものは人並み以下の経験しかないが、遊佐に比べればずっとましだ。

「とりあえず、コーラでいいな」

めずらしく、遊佐が二人分のドリンクを取りに行ってくれた。

ドリンクバーの使い方も、祐介が伝授した。

初めての時は、子どものようなはしゃぎ様だった。しかしそれ以降は、たいてい祐介に、俺の分も頼むと手を合わす。ちなみに、ホットドリンクは未だに自信がないらしく絶対に取ってこない。お代わりをするのも気がひけるのか消極的だ。

遊佐が、慎重な手つきで二人分の飲み物を運んでくる様子を見ながら、祐介は、成長したじゃん、と微笑んだ。

「俺、ダブルスに専念しようと思うんだ」

そのコーラを飲みながら、祐介はいきなり、さっき決意したばかりのことを告げた。

公式戦ではダブルスに専念しよう。

たとえパートナーが遊佐でなくなっても、チームに貢献できる選手になれるよう、ダブルスのプロフェッショナルになる。

自分が率いるチームの特性を考えれば、それが一番いい。

本郷さんとの話し合いの中で、祐介は、そう決心していた。

「マジ？　この間、水嶋に負けたせいか？」

「それもある」

一番の理由はお前だけどな、天才、遊佐賢人くん。

ずっとお前を見てきた。

バドの基本はシングルスだ、と祐介は思っている。海老原先生もそう思っているから、ツインズのようにダブルス専門要員であっても、シングルスの準備はきっちりさせているのだろう。

それでも、やはり向き不向きはある。

祐介は、少し恨めしげな目で遊佐を見た。

ことバドミントンに関して、遊佐は、妬むのもばからしいほどなんでもかんでもあっさり手に入れていく。もちろん才能の上にあぐらをかいているような奴じゃないが、それでも祐介が味わう挫折や屈辱、堪える悔し涙を、遊佐が実感したことがあるのかといえば、絶対にないはずだ。

それに何より、容姿だけでなくあの爽やかで閃きに満ち溢れた魅力的なプレースタイルは、祐介の目指せるものじゃない。

この先どれほど努力を重ねても、祐介が手に入れられないものを、遊佐はすでに手中にしている。

基礎トレーニングでは、遊佐と祐介に差はほとんど出ない。常にトップを競い合っていて結果は五分五分だ。

それがシングルスのコートに入ったとたん、差がグイッと開いていく。なんでもないゲーム形式の練習でもその差を実感する。

だから祐介は、遊佐とは違ったバドを目指そうと思うようになったのかもしれない。

そんな矢先、水嶋から、遊佐をも上回るような一打を浴びた。

松田も、祐介とはほぼ互角に打ち合うようになってきた。

何がなんでもどうしても勝ちたい、という執念が松田には足りないが、もし祐介がシングルスから降り松田がチームの勝敗を左右する場面が増えれば、松田のモチベーションも変わるのでは。祐介にはそんな思惑もあった。

シングルスのレギュラー候補は十分すぎるほどいた。

一方、ダブルスの駒は足りない。

ツインズは試合経験も豊富で十分な戦力だが、メンタルの甘さを克服しきれていない。そのせいで、格下の相手にコロッと負けてしまうことがある。

今のチームで絶対に読める一勝は、遊佐のシングルスだけだ。だからこそ、パートナーが誰であっても、祐介のダブルスは絶対的じゃなきゃならない。

「他に何か理由あんの？」

ただ、遊佐には、そんなあれこれは説明しなかった。一番わかりやすい理由だけを伝えた。

「水嶋、松田。シングルスには俺を凌ぐ才能がちゃんと育っている。なら必要なのは絶対的なダブルスだ。負けることを許されない、そんな場面でも、余裕で勝利をもぎとるような」

なるほど、と遊佐は頷いた。

「けど、チームのシングルスのランキング戦には出ろよ。まだまだあいつらに天下を渡すわけにはいかない。ランキング戦できっちり痛い目に遭わせておかないとなめられる」

「あいつらって？」

「水嶋とか松田とか、水嶋だよ」

「水嶋、二人もいねえし」

「二人でも控えめなほうだよ。俺の実感としては、四、五人いるんだから」

「意味わかんないけど、ランキング戦には出るよ。水嶋を含めて他の誰にも負けるつもりもないし。あくまでも公式戦に限っての話だ、というか覚悟の話」

「なら、いいんじゃないか」

　思っていたよりあっさり、遊佐は賛成してくれた。

「ただ確認したいんだけど、ダブルスに専念するっていうことは、もちろん俺とのダブルスってことだよね」

「今のところは。もし、お前が使えないなら他の誰かと組むかもしんないけど」

　遊佐は顔をしかめ、ちょうど運ばれてきたペペロンチーノを口に放り込んだ。とりあえず食べることに専念するつもりらしい。

　祐介もつき合いで注文したフライドポテトをつまんだ。

　遊佐は、あっという間に皿を空っぽにして紙ナプキンで口を拭うと、コーラを飲みきった祐介に気づかない振りをしてこう言った。

「お前のダブルスのパートナーは俺だから。そこは譲らない」

「なら、今よりもっと強くなれ」

「一番になったばっかりじゃん」

遊佐はおどけたように肩をすくめた。

それがムカついたので、空になったコップを、目の前に差し出し振ってみせた。

「今日は、お祝いしてくれるんだろ？」

遊佐は渋々立ち上がった。

「またコーラでいい？」

「カプチーノ、ホットで」

「エッ。アイスコーヒーにしたら？　ミルクもシロップもつけるから」

「温かい飲み物がいいんだ」

「マジかよ。嫌がらせすんなよ」

「ボタン押すだけだから」

「なんていうの、あの、ジュワッチッていう音が嫌なんだよ。それにギリまで入るし、ここまで運べる自信ないし」

わざとらしいため息を大きくついて、祐介は立ち上がった。

ちょっとした意地悪で言ってみたが、言っている間に、どうしても温かいものが飲みたくなった。

この先の話には、それが必要な気がしたからかもしれない。

手際よくカップをセットし、二人分のカプチーノを淹れ、スタスタと席に戻る祐介の足元と手元を交互に、少し離れた場所から遊佐は心配そうに見つめていた。

「いや、誰でもできるから。水嶋も松田も、水嶋もね」

嫌味に反応するかと思って身構えていたら、あっさり無視して、遊佐はカプチーノに口をつけた。

「お前凄いな」

「うまいな。やっぱ食後はコーヒーだな」

「何言ってんだか。話はここからだからな」

「お前がダブルスに専念するっていうのは、もうわかったよ」

「そこじゃないだろ。今よりもっと強くなれなきゃ、一緒にダブルス組む意味ないってところが、話の継ぎ目だから」

「わかってるよ」

「まさか、今回で満足ってわけじゃないよな。あんなどっちに転んだかわかんない試合で満足していたら、来年の夏、ダブルスの個人戦どころか、肝心の団体優勝はまた埼玉ふたばにもっていかれるよ」

個人戦での栄冠は自分たちの目的の一つにすぎない。

団体戦での優勝こそが、自分たちの一番の目標だ。

遊佐と祐介の、横浜湊の第一ダブルスが圧倒的な力の差を見せつけることでしか、あの絶対王者のチーム相手にアドバンテージを得ることはできない。

それは遊佐もよくわかっているはずだ。

「うん」

「なら、コートで甘えるな」

「俺がいつ甘えた？」

「たいてい甘えてる」

一瞬ムッとした後で、すぐに遊佐は苦笑した。

「かもな。俺は、ダブルスのコートでも、シングルスと同じバドやってるだけだからな」

「そこまでは言わないけど、好き勝手やっても、なんとかなるって思ってるよな。いつもどこかで」

「だな」

「なんとかならないと、俺のせいにするよな」

「そういうところも、ないことはない」

「それどうよ」

「まずいよな。インハイの個人戦の決勝も、そのせいでヤバかった」

「だろ？」

「けどさあ、あの優勝を決めたショット、凄くなかった？　ゾクッとしただろ？　俺も初めてだよ、あんなに凄いのを打ったのは。お前の三打前のドライブが効果的だったからだよな」

「いやいや、話はそこじゃないって」

「わかってるよ。ちゃんとわかってる」

そう言ってから遊佐はため息をつく。

「自分のダメなところも、これからやんなきゃダメなことも」

遊佐は、ようやく真剣な眼差しを祐介に向ける。

スイッチが入ったらしい。

こうなると、遊佐は潔い。

圧倒的な才能に恵まれ、常にどのカテゴリーでも王者に君臨しながら、それでも、素直に自分の弱い部分を受け入れる。そして、その弱さを、そのままにしないで克服しようと努力し続ける。

だから、祐介は、遊佐賢人のバドミントンに惹かれる。華麗で力強いプレー、そしてたえまなく上昇し続ける志。その調和が、遊佐賢人のコートに結実する。

祐介とは逆に、遊佐はインターハイ団体戦優勝という目標を達成すれば、シングルスに専念するかもしれない。

遊佐は、どうしたって絶対的なシングルスプレーヤーだから。

ダブルスのコートに立つのは、あと一年ほどの短い間かもしれない。

だけど、もし許されるなら、同じ志を胸に、限られた時間であっても、精一杯できる限りの高みに駆け上りたい。

「遊佐、お前が俺よりずっとでっかいものを背負って走り続けていることはちゃんとわかっている。天才の称号は、お前の誰よりも地道で厳しい努力に支えられていることもわかっている」

遊佐は本当に嬉しそうに笑った。

へんな奴だと思う。子どもみたいだな、とも思う。

俺様振りを、他の奴らの前ではいつも発揮しているのに、祐介には別人かと思うほど素直になり、祐介が褒めるといつもこんなふうに笑う。

自分には絶対にマネできない、このくったくのない身勝手さを、祐介はうらやましいと思う。

「けど、それでもあえて俺はお前に望む。ダブルスのコートでも、命がけで戦え。もう一度日本一になるために。チームを日本一に押し上げるために」

「何、小さいこと言ってるんだ。どうせなら、世界を目指そうぜ。二人で世界の舞台でてっぺんに立とう」

遊佐の眼差しは、あくまでも真剣だ。

祐介は、その時、世界なんてありえない、とは思っていなかった。

自分には大きすぎる望みだと思っていたけれど、それでも常に今の自分の位置よりずっと上を目指さなければ成長なんてない。

だから、やっぱり、世界の舞台に志を向けようと思う。

でも遊佐とのダブルスで、とは一ミリも考えていなかった。

遊佐は遊佐で、シングルスで世界を目指す。いや、遊佐はすでに、もう世界の舞台に足を踏み入れていた。

そして、自分は、おそらくこの先に出会う他のパートナーとダブルスで世界を目指す。そう思っていた。

そうだな、いつかてっぺんに立とう。

祐介は、同じぐらい真剣な眼差しを遊佐に返した。

翌年、遊佐と祐介にとっては高校最後の夏、インターハイの聖地は沖縄だった。

その沖縄で、本郷さんから襷(たすき)を受け、祐介が部長として率いてきたチーム横浜湊は、念願の団体初優勝を手に入れた。

決勝戦、王者埼玉ふたばを相手に最後の一勝に臨んだチームメイト、松田航輝(こうき)のシングルスの試合は、歴史に残る凄まじい激戦で、遊佐と祐介も自分たちのダブルスを勝利で終えた直後から、ベンチで応援に声をからした。

いつもクールで、一生懸命とか努力とか、そういう言葉とは一番遠い場所にいるように見せている松田が、コートに命を懸けるように戦う様は、チーム全員の胸を熱くした。

初めてのインターハイ団体優勝を決めたのが、遊佐や祐介でなく、水嶋でもなく、松田でよかった。本当によかった。

最後の一球が相手コートに落ちたその瞬間、祐介は心からそう思った。

松田は、大学に進んだらバドミントンとは少し距離を置くつもりだと、入部間もない頃から公言していた。

もちろん、いつバドをやめてもそれは個人の自由だ。どんな道を行くのも本人が決めることだ。

ただ、そんな言葉を早くから口にするのは、本人の心のどこかに、本当はやめたくない、だけどやめたほうがいいんだ、という迷いに似た感情があるからではと祐介は感じていた。

いつも、バカがつくほど真正面からバドに向き合っている水嶋やツインズとは違って、松田は、いつもバドミントンに正面から向き合うことを避けていた。

祐介には、そんな松田の想いを他のチームメイトより理解できる気がしていた。

かつての自分と同じように、松田の家庭環境に問題があることは、なんとなく察していたから。

しかし、コートにそういったもの、逃避や諦念などを持ち込めば、勝利を重ねて、あるいは敗北から立ち上がって成長したとしても、手に入れられないものがある。

だから、松田には実感して欲しかった。

正面から向き合ってこそ生まれる喜び、感じられる熱気、そしてその熱気が生み出す、自分を押し上げてくれる風。

コートは、何かを持ち込む場所ではなく、自らの気迫とラケットでその風を生み出す場所だと。

この試合で、松田はたくさんのものを手に入れたはずだ。同時にチームメイトにもたくさんの想いを刻み付けた。

この先、どんな道を歩こうと、このコートで自らが生み出した風を、松田は決して忘れないだろう。風がつないだ熱い想いを、祐介たちが忘れないように。


団体戦優勝の翌日から行われた個人戦で、遊佐は、水嶋との個人戦シングルス決勝を気迫で凌ぎ、三冠を手に入れた。

祐介も、遊佐とともに一ゲームも落とすことなくダブルスの優勝をもぎとり、二冠を手にした。

けれど、その沖縄のインターハイが、祐介にとって何よりも感慨深い大会になったのは、手に入れた栄冠の数のためではなかった。

沖縄のインターハイのメイン会場で、祐介は梓に再会した。

もちろん、大会のパンフレットやバドミントン雑誌で、梓が、北海道代表の旭川商大付属の団体戦のメンバーに名を連ねていることは知っていた。

懐かしくて、おそらくそれ以上の感情で、雑誌に載っていたチームメイトと一緒に笑っている梓の写真を、祐介はこっそり待ち受け画面にしていた。

だけど、開会式の行われたメイン会場でユニフォームに身を包んだ梓を見つけた時、頭が真っ白になり、気がつけば体が勝手に動き祐介は梓の下へ駆け寄っていた。

母と一緒に暮らせるようになってから、何度も、梓に電話をかけてみようと思った。

だけど、できなかった。

続けろ、強くなれ、自分の大好きなバドを選んだ場所でできるまで。あの日、梓は祐介にそう言ってくれた。

一緒のコートでもう一度打てるようになるまで、絶対に諦めるなとも言ってくれた。

今の自分に連絡を取り合う資格があるのか、はっきりした自信が持てなくて、頭の奥に刻み込まれている梓の自宅の電話番号を、いつも最後まで押すことができなかった。

梓が進学した学校は、男女ともに北海道のバドミントン界を牽引している名門校だった。

祐介も、幼い頃からそこに進学を希望していた。もし家庭の事情さえなかったら、いや多少経済的には苦しくても父の関係したいざこざさえなかったら、梓と同じユニフォームに身を包んでいたかもしれない。

だけど、どんな時でもどんな場所でも、もし、に意味はない。

歩いてきた道が、ただ一つの自分の道だ。

しかも、今、祐介は横浜湊に進学できたことを心から誇りに思っている。

かけがえのない恩師、親友、チームメイトに巡り会え、辛く厳しい道を歩むことでしか手に入れることができない、確かな実感を胸に刻み付けることができたから。

今の自分なら、梓の前に立つことができる。

「あず」

祐介が声をかける瞬間まで背中を向けていた梓は、飛び跳ねるようにこちらを向いた。

「祐ちゃん」

そう言っただけで、梓は泣き出してしまった。

梓のチームメイトの女子たちが、祐介を取り囲んだ。

「何なんですか、大事な試合の前に」

「すみません。あず、いや三上さんとは幼馴染みで、だけど引っ越して長い間会えなかったから、ちょっと挨拶したくて」

祐介は頭を下げる。

「あなた横川くん?」

「あ、はい」

「横川祐介？　旭川二中の？　去年のインハイ、ダブルスで優勝した、横浜湊の？」

「そうです」

矢継ぎ早に言葉を投げかけてきた顔にはかすかに見覚えがあった。北海道時代、何度か地元の大会で一緒になったことがある女子だ。梓の一つ上の学年で祐介とはタメのはずだ。

「梓、泣いてる場合じゃないじゃん。ずっと楽しみにしてたんでしょう？　今年は会うんだって」

梓は何度も頷いていた。

「梓、今年レギュラーに入らないと横川くんに会えないって、物凄く頑張ったんです。絶対にインターハイに行くんだって」

「先輩、恥ずかしいからやめて下さい」

梓は、誰かが差し出したスポーツタオルで涙を拭ってそう言った。

「ごめん。驚かせて」

祐介は、もう一度、そっと梓に声をかける。

「大丈夫。こっちこそごめん」

落ち着いたのか、ようやく梓は笑顔を向けてくれた。

その笑顔に安心したのか、チームメイトは、少し遠巻きに二人を見守ることにしたようだ。輪がほどけて、祐介と梓は、たくさんの目に見守られてはいたが、なんとか小さな空間で二人になれた。

「やっと会えたな。あずも、ちゃんと頑張ってたんだな」

「もちろんだよ。祐ちゃんが頑張るのはわかってたから、私も頑張れば、絶対に会えるって思ってた」

「そっか」

「祐ちゃん、やっぱり凄いね。去年もダブルスで優勝して、今年も連覇間違いないって」

「それはわかんないけど、全力で頑張る」

「でも、去年の夏、ずっと待ってたんだよ。きっと連絡くれるって思って」

「ごめん。去年はやり残したことが多すぎて、まだ自信がなかった」

「今年も、まだ結果が出てないけど」

梓は少し上目遣いで笑う。ああ、変わらない笑顔だと祐介は安心する。

「結果がどうあれ、この一年、やるべきことはちゃんとやれた。今のチームは、これまでのチームの努力と夢の結晶だ。誇らしいチームなんだ。このコートで、あずにも、俺たちの戦う姿を見て欲しい」

「もちろん。だけど、うちの男子チームもやるからね。準決勝であたると思うけど、そこは譲らない」

「ああ。受けてたつよ」

「だけど、個人戦は、絶対に祐ちゃんの応援に励むから。お父さんも来てるんだ。お父さん、去年の大阪も祐ちゃんのこと見に行ったんだよ。でも、声かけなかったんだって」

「なんで？」

母からは、問題が片づいて二人で暮らせるようになってすぐ、三上家にはお礼の手紙を書いて新しい連絡先を知らせたと聞いている。

梓と連絡をとらなかったのは、あくまでも、祐介自身の気持ちの問題だった。

「祐ちゃんが自分から連絡くれるのを待つって」

「そっか。じゃあ、今の自分の精一杯を見せて、改めてちゃんと挨拶するよ」

「うん、お父さん喜ぶよ」

「で、梓、連絡がとりやすいように連絡先を交換しておかないか？」

「ナンパみたい」

　梓はフフッと笑った。

「バカ」

「女子の扱いがうまくなっちゃって」

「お前なんか女子じゃないし」

「もう立派な女子ですから。結構凄いんだから」

　梓がいきなり胸を突き出した。

　祐介は頰が熱くなり、返す言葉もなく視線を逸らす。

「よかった。祐ちゃん、変わってない」

　梓は、そんな祐介の火照った顔を見て、祐介の何倍も大人っぽく笑った。

「じゃあ、祐ちゃんのスマホ出して」

「ああ」

　言われるままに祐介がスマートフォンを取り出すと、梓はそれを受け取り、凄まじい速さで連絡先を登録しＬＩＮＥを開通させた。

「連絡先は、三上じゃなくて梓で登録してあるからね」

「あ、ああ」

「で、里佳さんて誰？」

　梓の口角は上がっているが、目は少しも笑っていない。

「えっ？」

「LINEのやりとりが多い。多すぎる」

いつの間に、見た？

ため息を堪え、正直に短く答える。

「里佳さんは、チームの後輩、水嶋のお姉さんだ」

遊佐の憧れのマドンナでもあるが、その説明は面倒なので省く。

「へえ」

一段と厳しい視線を向けられた。

「なんだよ、その目」

「別に」

「里佳さんには、おもに勉強で世話になってる。ただそれだけ」

若干のフォローになっただろうか。

「じゃあ、櫻井花って？　この子とのやりとりも多そう」

「なんであんな一瞬で、そんなにチェックできちゃうんだよ」

梓は、うっかりこぼした祐介のため息を完全に無視した。

「で、誰？」

「櫻井は、うちの部のマネージャー。ちなみに水嶋に惚れてる」

少し、雰囲気が梓に似ているんだ。だからちょっとばかり優しくしてしまう。

水嶋との進展なき恋話の相談にものっている。誰かに話すことで少しでも楽になるならと思って。

だけど、もちろん部の誰にも、梓にも絶対に内緒だ。

「そうなんだ」

ようやく目元が和らいだ。

どうやら、邪推はしないでくれたようだ。

「もういい？」

「うん。だって、女子らしき名前はそれだけだったし」

梓は嬉しそうに、祐介の女子との貧弱な交友関係を指摘した。

「あ、それから待ち受け画面、新しくしておいたから」

えっ？

梓のチーム写真のまま、ロックを解除しスマートフォンを手渡してしまったことに、祐介は今さら気がついた。

また、顔が火照った。

「梓、そろそろミーティング始まるよ」

その時、二人の背後から、少し遠慮がちに声がかかった。

「もう行かないと」

「ああ。じゃあ、お互い頑張ろうな」

「うん」

梓は、小走りに駆けて、少し離れた場所で待っていてくれたチームに戻って行った。

その背中が振り向かないことを確かめた後で、祐介が慌てて確認した待ち受け画面は、梓の笑顔のアップ写真だった。

超、可愛い。今までのチーム写真の何倍も。

だけど、あず、これは無理だ。

前のチーム写真だってかなりリスキーだったのに。こんなものが遊佐やチームメイトに見つかったらただではすまない。

せめてインターハイが終わるまでは、あいつらの冷やかしと嫌味の数々に神経をすり減らすわけにはいかない。

祐介は、少し残念な気もしたが、スマートフォンの待ち受けをイルカの写真に変更した。


梓自身が試合を終えた後の団体戦の決勝と、個人戦のダブルスのすべての試合で、梓と三上のおじさんは、揃って祐介を応援してくれた。

二人が祐介の名を呼ぶ声もちゃんと聞こえた。

特に、幼い頃から聞き慣れている、おじさんの「集中、集中」という懐かしい声には、本当に励まされた。

すべての試合が終わった後、梓とＬＩＮＥを交換したおかげで、おじさんともちゃんと会うことができた。

「祐介、おめでとう」

おじさんは、祐介の肩をそっと抱き寄せてくれた。

「ありがとうございます」

「強くなったな。今年は、さらに高みに上った感じだった。いいダブルスだったよ」

「遊佐と組めて、本当に幸運でした」

「遊佐くんも、祐介と組めて幸運だと思ってるはずだよ」

「はい」

素直に頷くことができた。

団体戦も含めて、祐介たちは、一ゲームも落とさず、圧倒的な強さでトーナメントを駆け上がり頂点に立った。

互いに相手を活かし、カバーし合い、一ゲームごとにさらなる進化をとげながら、二人はパーフェクトな勝利を手にした。

遊佐は、俺はシングルスプレーヤーだからね、とは決して口にしなくなった。ダブルスのコートにもシングルスと同じ情熱を注いでくれた。

遊佐がコートで祐介に見せる絶対的な信頼に応えるため、祐介も必死で努力を重ねた。

この一年で二人が培ったものは、体力や技術の向上だけじゃない。

深く強い勝利への想い、さらに高みに上るという強い意志、そして、お互いを思いやると同時に厳しく叱咤し合う関係。

少しでも意見の相違や疑問があれば、納得するまで、何度でもとことん話し合った。

いいパートナーになれた。

この沖縄で、祐介は、迷うことなく胸を張れるようになった。

先のことはわからない。いや、ここから先はおそらく別々の道を行くはずだ。

それでも、晴れやかで誇らしい気持ちに陰りはなく、梓や三上のおじさんにその姿を見せられてよかった、と祐介は心から思った。

「祐介、実は、もう一人お前に会わせたい奴がいるんだけど」

「誰ですか？」

おじさんの目が、少し曇りそして泳いだ。

「……貢も来てるんだ。沖縄に、この会場に」

貢、それは父の名前だった。

祐介は、今まで体に満ちていた誇りが一気に飛び散ってしまった気がした。

おそらくその想いは、表情にも体のこわばりにも現れたはずだ。

「あの人が」

どの面さげて、という言葉だけはなんとかのみ込んだ。

「俺も驚いた。いきなり、何年ぶりかでこの会場で鉢合わせして」

「今さら何のために」

「雑誌でお前の活躍を知って、陰からでいいからひと目だけでも顔を見たいと思ったそうだ。今は、福岡で暮らしているらしいよ」

どこで誰とどんな暮らしをしていてもいい。

最低の父親だったけれど、死ねばいいのに、などと思ったこともない。むしろ元気にしているなら、それはそれでよかった。

とにかく、自分や母の前に姿を見せずにいてくれたら。

「あの人には、会いたくないです」

なんとか声になった祐介の言葉に、三上のおじさんは申し訳なさそうな顔で頷いた。

「無理強いはしない。いや、あいつも会わずに帰るって言ってたんだ。恥ずかしくて合わせる顔なんかないって」

「そうですか、ならそれでいいです」

自分がこんな冷たい声を出せることに、祐介は驚く。

「ただ、俺が勝手に伝えたかっただけなんだ。あいつは、父親として最低だけど、それでも、やっぱり祐介、お前のことだけはちゃんと気にかけているんだって。一生会えなくても、お前のことは絶対に忘れてないって」

正直、どんな言葉を返せばいいのかわからない。

借金まみれになったあげく、妻子を捨てて女の人と逃げた父。

その上、祐介と母はその女の人の恋人に恨まれ、生まれ育った町を出なければいけなくなった。母の涙と苦労を、もし父がほんのわずかでも考えたことがあるのなら、沖縄に来られたはずがない。

第一その母は、今回も沖縄に来られなかった。

大会がもっと近場だったらよかったんだけどね、と出発前、母は玄関で寂しそうに笑っていた。今この瞬間も、祐介の競技生活を支えるために懸命に働いているはずだ。

父のことを考えれば考えるほど、心の中に粘着質の黒い澱が溜まっていく。

想い出さえもなかったことにして、父の存在を抹殺することで、祐介は今まで憎しみを抑え込んで生きてきた。

今頃、顔を見たいだなんて迷惑なだけだ。

だけど、三上のおじさんにとっては、父は、同じコートでシャトルを打ち合った仲間であり親友だ。おじさんを責めるわけにはいかない。

祐介と三上のおじさんの間に、やるせない沈黙が流れた。

ちょうどその時、遊佐が祐介の名を呼びながらやってきた。

「捜してたんだ。電話も何度もかけたんだぞ。急にもう一件、雑誌の取材が入って」

それから遊佐は三上のおじさんに気づき、とりあえず軽く頭を下げた後、この人は誰？という視線を祐介に向ける。

「北海道にいた頃、もの凄くお世話になった人で、三上さんだ。おじさん、こちら、僕の相方の遊佐賢人です」

祐介は簡単に二人を紹介した。

「こんにちは。この大会も素晴らしい活躍でしたね。感動しましたよ」

三上のおじさんが、遊佐に向かって先に握手の手を差し出した。

「ありがとうございます。何もかも横川のおかげです」

遊佐、お前どうしたんだよ。そんなキャラじゃないよな？

祐介の怪訝な視線を無視して遊佐は続ける。

「団体もダブルスも、シングルスの決勝でさえ、それまで横川が俺の体力を考えてダブルスをコントロールしてくれていたから、なんとか凌げました。本当にこいつには感謝しています」

過剰なほど礼儀正しくお辞儀をした後で、遊佐は三上のおじさんの手をしっかり握った。

「祐介よかったな。本当にいいパートナーだ」

「はい」

「じゃあ、もう行きなさい。今の話は忘れてもいい。ただ、俺は俺で、あいつとまたやり直すから」

祐介はもう一度頭を下げて、遊佐と一緒に、海老原先生の待つ昇降口に向かった。

それからしばらく、簡単なインタビューと写真撮影があった。

父の件で混乱していたせいなのか、何を話したのかよく覚えていなかったし、写真でうまく笑えたかどうかもわからなかった。

しかし、雑誌が発売されて遊佐と二人で覗き込んだページは、プロの記者のなせる技なのか、誇らしげな顔をした二人の、それなりに気の利いたコメントで埋められていた。

父とは、それからも会っていない。

ただ、沖縄のメイン会場を横浜湊のマイクロバスが出て行く時、ずっと体を折り曲げるようにして頭を下げている人がいた。

遊佐もその人に気がついたらしい。

「誰?」

祐介の耳に口を寄せ、そっと尋ねた。

おそらく小耳に挟んだ三上のおじさんとのやりとりから、何かを察していたのだろう。

「……ずっと昔、俺の家族だった人だ」

できるだけ今の自分に正直な言葉を選んだ。

遊佐はほんの少し目を大きくした。そしてこう言った。

「俺、寝るから、空港に着いたら起こしてよ」

俺だって寝るし。

祐介の呟きは聞こえなかった振りをして、遊佐はしばらく狸(たぬき)寝入りを続けていたが、そのうち本当に眠ったのか、穏やかな寝息が聞こえてきた。

インターハイが終わるとすぐに合宿が始まる。横浜湊恒例、地獄の夏合宿も、これが最後かと思うと少し寂しい気がした。

それに今回は、後輩の内田輝に部長を正式に引き継ぎ、[illegible]国体に向けての練習に手を抜く気は毛頭ないが、それでも気持としては気楽な立場だ。この一年と比べればはるかに開放的だった。

進路も、希望通り、青翔大学に正式に推薦をもらった。

青翔大学には、二年上に、祐介が尊敬する遠田岳選手がいる。遊佐のように幼い頃から注目された選手ではないが、高校時代から頭角を現し、インターハイのシングルスでたった一度負けたことがあるのが、当時埼玉ふたばのエー[illegible]だった、この遠田岳だ。

遠田はどういうわけか祐介にとても好意的で、喜多嶋監督と一緒に何度も祐介の下に足を運んでくれた。何度目かに思いきって理由を尋ねたら、お前の安定感、それがうちのチームに、っていうか俺に一番足りないものだから、と答えてくれた。

もちろん、祐介も青翔大学の練習に何度か参加した。とにかく熱いチームだった。どこか横浜湊に似ていると思った。喜多嶋監督の人柄にも惹かれた。海老原先生とはタイプは違うが、選手への共感力が優れていて何よりバドミントン愛にとても溢れている人だった。

経済的にも問題はない。入学金と授業料のすべてを免除してくれる条件で、祐介の希望通り教育学部体育学科への入学も認めてくれている。

祐介にとっては、願ってもない進学先だった。

遊佐は進路をどうするのか？　祐介はあえて、それを尋ねてはいない。

遊佐の進路に、一パーセントも影響を与えたくなかったから。

次のオリンピックも狙える遊佐は、父が監督を務める実業団を選ぶ可能性が高い。

ただ、東大に進学している里佳さんとのバランスを考えて、大学への進学を選ぶ可能性もあった。

遊佐が大学に行こうが行くまいが、里佳さんの遊佐への想いにはまったく影響はないだろう。里佳さんは、遊佐の学歴や王子さま的容姿はもちろん、今まで遊佐が積み重ねてきたバドでの栄光の数々にも興味がない。

里佳さんは、遊佐の一途（いちず）な志、まっすぐでゆるぎのない信念、そういったものに惹かれているはずだから。

里佳さんもまた、そういう人だ。

とびきりの美貌と知性に恵まれているのに、今の自分に満足することなく遥か高みを目指し、いつだって精一杯の努力を積み重ねている。

二人の背中はよく似ている。

まっすぐでゆるぎなく、凜とした音色が聞こえてくるようだ。その背中[illegible]と。祐介は思う。きっと里佳さんは、これからの遊佐にこそ想いを寄せてい[illegible]

しかし、遊佐自身はそんな里佳さんの想いにまったく気がっ[illegible]いない。

だから遊佐が実業団でなく大学を選ぶなら、大学のバ[illegible]ントン部としては最高峰の設備と人材を備えている首都体大かあるいは学歴としても申し分のない早教大。その辺りが妥当だろう、と祐介は思っていた。

「お前と同じ青翔大に進むことに決めた」

そう遊佐に告げられた時は、だから本当に驚いた。

遊佐は祐介に、自分にとって一番必要なものがある場所で、質の高いバ[illegible]がやりたいからだと言った。

遊佐にとって一番必要なもの、それが何か、正直言ってわからなかった。

ただ、その眼差しに迷いはなく、青翔大学への進学を本気で望み、そこで一緒にもっと高みを目指そう、遊佐がそう思っているのは間違いなかった。

だから祐介は、差し出されたスポーツドリンクを受け取り、一緒に頑張ろう、と微笑んだ。

本当は、飛び上がって、抱きついて、「ヨッシャー」と叫びたかった。

これからも、あのワクワクする時間を共有できるなんて夢みたいだ。

大きな声でそう伝えたかった。

もしあの場所が、後輩たちが頻繁にやってくる自販機の前じゃなかったら、きっとそうしていた。

青翔大学に入学と同時に、祐介は大学の寮に入った。

寮は大学の敷地内で、バドミントン部が専有している第三体育館には階段を上がるだけという好立地だった。

「別れて暮らすのは二回目ね。だけど、今度は笑って送り出せる。……でも、時々は顔を見せてね」

母は、祐介が入寮を相談すると、すぐにそう言って賛成してくれた。

祐介も同じような気持ちだった。

少し寂しいけれど、この寂しさは以前の焦燥感と恐怖の入り交じった寂しさじゃなく、希望に満ちた寂しさだ。

それにしても、遊佐も入寮したのには驚いた。

なぜ？　と尋ねたら、父親に勧められたと教えてくれた。

遊佐の父、圭一（けいいち）氏は、埼玉ふたばから首都体大へ進み、どちらの学校でも寮生活を体験したそうだ。

集団生活は確かに窮屈で面倒だが、それ以上に得るものも多い。

大学に進学することを決めたのなら、その時期にしかできない貴重な体験を[illegible]前もそがいいと言ってくれたらしい。どちらかといえば、実家が大好きで渋る[illegible]ろそろ親離れしろ、と半ば強制だったらしいが。

父の存在とはそういうものなのだな、と遊佐の話を聞きなが[illegible]祐介は少しうらやましかった。

大学に入ってから、祐介は、ダブルスだけじゃなくシングルスの練習にもまた力を入れるようになった。

シングルスで個人戦に出るつもりはなかったが、チームの中で必要とされたら、いつでも出場できるように準備しておくつもりだった。そうでなければ、レベルの高いチームで自分のポジションを確保するのは難しい。

さらに、別の想いもあった。

マイナースポーツのバドミントンでは、大学の段階ですでに、かなり狭き門をくぐり抜けてきた者たちだけが、競技者としてプレーを許されている。

青翔大学バドミントン部は、強豪校には珍しく希望すれば誰でも入部できるが、トップレベルの大学では、最低限インターハイ出場経験がなければ入部さえ許可されないところも多い。

そんな選りすぐられた者ばかりが、次の、さらに狭き門をくぐるために鎬を削るのだから、どんな大会も、予選の段階から高校時代とは比較にならないほどレベルの高い戦いが繰り広げられる。

今まで以上に、技術力、体力、精神力、すべてに余力が必要だった。

シングルスの疲労の影響をまったく受けずにダブルスをこなすことは、いくら天才プレーヤー遊佐賢人でも不可能だ。

常にシングルスの王者であるべき遊佐とダブルスを組む以上、祐介は、遊佐の疲労をカバーしながら戦い続けることになる。

シングルスで遊佐が被るダメージを自分も実感し、さらにそれを上回る強さを手に入れたかった。

ダブルスで頂点に立ちたい。

その想いは、横浜湊にいた頃よりさらに強くなっていた。

遊佐は最高のパートナーだ。ずっと組めれば、世界の舞台も夢じゃない。

けれど、遊佐はやはりシングルスプレーヤーで、遊佐には、一人でも世界の舞台で渡り合える力がある。

矛盾しているようだが、遊佐のシングルスでの飛躍を見続けたい、それを支えてやりたい、そんな想いも祐介にはあった。

だからこそ祐介は、シングルスでも遊佐と対等に打ち合える、そんな自分でありたかった。

第四章　勇往邁進、それができるすべて

大学に入った年、チームとしては何度か優勝を逃したが、こと個人戦のダブルスに関しては、遊佐・横川ペアは無敗だった。

翌年、水嶋がライバル校の早教大に入学した。

すぐにエースの座を確保し、あらゆる大会で、遊佐やその他のトップクラスのシングルスの選手を脅かし、時にはその自信をめった裂きにしていった。

それでも、遊佐は一度も水嶋には負けなかった。

ただ一人、水嶋の前に立ちはだかり、大きな壁となって水嶋を迎え撃っていた。

同じ年、青翔大学の女子バドミントン部に、梓が入ってきた。

梓は最後のインターハイで、団体戦でも、個人戦シングルスでも準優勝し、青翔大学に強く請われての入部だった。

祐介は、遊佐と水嶋の姉の里佳さんと一緒に、岩手で行われたそのインターハイに、母校である横浜湊の応援に出向いたが、実は、こっそり、斜め向かいのコートで行われている梓の高校の応援にも励んでいた。

遊佐は横浜湊の応援と隣の里佳さんに神経をもっていかれているせいか、祐介の不審な視線にはまったく気づかず、里佳さんは気がついていたようだが黙っていてくれた。

後で櫻井から、「先輩、あっちのコートの女子、ガン見してましたよね（笑）」と、LINEがきて、女子に隠し事はできないと改めて肝に銘じた。

本当は残って個人戦も応援したかったが、自分たちの練習もあり、それは叶わなかった。

それでも団体戦の試合後、里佳さんが遊佐をうまく連れ出してくれている間に、梓と少し話をする時間もあり、久しぶりの再会に心が和んだ。

その時にも、少しこの先の進学のことは話した。

いくつかの学校から誘われているけれど、まだ決めていないということだった。

青翔大においでよ、そう言ってみたかった。

だけど、大切な人生を左右する選択に、自分の想いを絡ませるわけにはいかないと自重した。


青翔大学に入学を決めました。祐ちゃん、やっと、同じチームで一緒にシャトルを打てるね。


だから、梓からのLINEは、やはり嬉しかった。

そばにいられることも嬉しかったが、梓のバドに、閃き溢れる遊佐のプレーはとても参考になると思った。切磋琢磨すれば、梓も自分も、もっともっと成長できる。

その期待通り、梓も青翔大で、大きくステップアップした。

高校時代、どうしても勝てなかったライバルのインターハイ女王の真田に、初めての関東学生選手権で初勝利をあげると、そこからは、一度も彼女に負けることはなく、期待の新人として注目されるようになった。

祐介と梓の関係もいきなり進展した。

梓の進学に伴い上京してきた三上のおじさんの前で、祐介がこう宣言したことがきっかけだった。

「おじさん、こっちでの梓の面倒は僕がちゃんとみます。安心して下さい」

おじさんは苦笑いした。

「祐介、梓は大学に入っただけで、お前の嫁に来たわけじゃないんだが」

祐介は、さぞかし真っ赤になっていたことだろう。顔の火照りが尋常じゃなかった。

「そういう意味じゃないんです。あくまでも、梓の勉強と競技生活をフォローするっていう意味で」

「どうかな。梓は、半分その気みたいだけど」

「ふふっ」

あず、そこは笑うとこじゃないだろう？

祐介は梓を睨んだが、梓はまったく動じず否定もしなかった。

おじさんは、まったくこれだから、とさらに眉間にしわを寄せたけれど、口元はわずかに笑みを浮かべている。

仲のいい父娘(おやこ)だなあ。祐介はこんな場面で、少し切なくなった。

「わかってるだろうが、学生の本分はそういうことじゃない。梓はともかく祐介は信用できる男だ。そうだな？」

「もちろんです」

祐介は大きく頷く。

「じゃあ、安心だ。梓のこと、ほどほどに頼むよ」

火照りがとれないまま、祐介は頭を下げた。

おじさんを羽田空港まで送った帰り、梓はこう言った。

「これで、幼馴染みから親公認の恋人同士に昇格だね」

「そうじゃないだろ」

「まさか、祐ちゃん、この期に及んで他に好きな人がいるとか言うんじゃないよね」

「それはない。そんなことはわかってるだろ？」

二人は、あの沖縄での再会をきっかけに、お互いの気持ちを打ち明け合っていた。

とても大切に想っていること。離れたことでよけいにその存在の大きさがわかったこと。

ずっと一緒にいたいと思っていること。

今ではスマートフォンの待ち受け画面も、同じ、二人のツーショット写真になっている。

祐介の場合、梓に会う時限定だが。

「うん」

だけど、自分が納得するまで、バドミントンに懸けたいという想いも確認し合っているはずだ。

「あずも俺も、やっと、好きなことを好きな場所でできるようになったんだから、誰にも後ろ指さされないよう、バドで結果を出して、その上で、ずっと二人でいよう」

「うん」

梓は、本当に嬉しそうに笑った。

祐介は、そんな梓の手をそっと握った。


この夏、四年に一度の聖なる戦い、オリンピックが開催された。

他の多くの競技のアスリートと同じように、世界中のバドミントンプレーヤーにとって、オリンピックは、最高峰の憧れの舞台だ。

あの場所に立つために、選手たちは、過酷な環境で世界を転戦し結果を出しポイントを稼ぐ。心身はもちろん経済的にも決して余裕がある状態じゃない。

そうやってようやくつかみ取ったオリンピックの切符。にもかかわらず、テレビの放映もいつもならほとんどない。

しかし、選手たちの活躍もありメダルのかかった試合があったため、今回はレベルの高い最高峰のゲームが、ダイジェストではなく最初から最後までしっかりと流してもらえた。

バドミントンという競技の醍醐味、たとえば技とスピード、パワーと駆け引きのバランスの妙などが、たくさんの人に伝わったはず。そう思うと本当に嬉しかった。

日本のバドミントンのレベルが、一般の認識よりはずっと高く、王者を狙える位置にあることもわかったはずだ。

もう一つ、心に残る印象的な場面もあった。

ある女子シングルスの試合。優勢に進んでいたゲームの終盤で、彼女は足を痛めた。画面で見ただけでも、ひどい状態だとすぐにわかった。あれでは立っているのも苦しいはずだ。だけど、彼女は、足を引きずり涙を拭いながらゲームを続けた。

わかっていたはずだ、本人が一番よく。

無理をしてもいいことは一つもない。あそこまでひどい状態だと勝つ見込みもなく、その上この先の選手生命に響くかもしれない。何より、相手選手の戸惑いが大きい。

それでも、試合をやめられなかった彼女の気持ちが、祐介には痛いほどわかった。

結局、監督の判断で試合を棄権した。

相手選手は彼女を抱きしめ、主審も、彼女の両手を優しく握り言葉をかけていた。会場は、彼女への温かい拍手に溢れた。

祐介は、涙を堪えるのがやっとだった。

ひとたびコートに立てば、その一打に命がけで臨んでいる、アスリートの生き様を見せてくれたように感じた。

一方遊佐は、その場面では唇をかみしめ顔をしかめていた。

あの場所で負傷してしまった、その不運を自分のことのように感じていたのかもしれない。怪我への恐怖のない選手なんて、きっといない。

その選手が強ければ強いほど、怪我のダメージ、特にメンタルへ負担が大きく跳ね返ってくる。遊佐が感じていたのは、同情ではなく小さな恐怖だったかもしれない。

遊佐が涙ぐんだのは、男子ダブルスのメダル授与式だった。

「泣いてる？」

世界の舞台でその才能を開花させ始めている遊佐には、何かしら特別な感慨があるのかもしれない。

「四年後、あの真ん中に立ってると思うと、泣けてくるだろ？」

ところが遊佐は、しれっと、そんなセリフを吐いた。

「はあ？」

「次のオリンピックでは、絶対にあそこに、それも真ん中に立つ」

真ん中に立っているのは、お前？　それとも俺たち？

不甲斐ないことに、祐介は訊けなかった。

遊佐は、こういうことで冗談や遠い夢を語らない。

口にするのは、信念と決心。

手が届くと本気で信じていて、そのための覚悟があるからこそ口にする。

おそらく、描いているのはシングルスでの自分自身の未来なのだろう。見ているそれがダブルスのものであったとしても。

「今日、あのコートで生まれた風、わかるだろう？」

「ああ」

「あれに乗って高みに上るのは、絶対に俺たちだ。そうじゃなきゃだめなんだ」

俺たち？　確かに遊佐はそう言った。

俺の間違いじゃないの？　祐介は、そこを突っ込むことがやはり怖かった。

どんだけヘタレなんだ、俺は。

祐介は、色んなものを振り払うように、何度か首を横に振った。

風は、気ままに吹くわけじゃない。誰よりも強く願い、その願いに相応しい努力を積んだ者の上に吹く。

俺でも、俺たちでも関係ない。今、自分がやるべきことをやるしかない。

祐介は、わかりきっていることを、改めて自分に言い聞かせる。

「妥協せず最善を尽くす。けどとりあえず、インカレ。それから全日本。そこはいい？」

先を見つめる遊佐の、足元を固めるのが今の祐介の役目だ。

遊佐は、お前今さら何言ってんの？　そんなの当たり前じゃん、と嘯いた。

メダルの授与式終了後、翌日の練習に備え早々にベッドにもぐりこんだが、興奮のせいか、なかなか寝つけなかった。

二人でオリンピックの舞台に立つ、そんな夢を見たような気もするが、記憶は曖昧だった。

将来への不安や葛藤はあったが、それでも、祐介にとって今まで一番幸福で順調な時間が紡がれていた。

バドミントンも勉強も恋も、努力したことで実を結び、すべてが順調だった。

それがあんな形で、中断されるなんて。

もし、あれが自分自身に降りかかった災難だったら、そのほうがずっと気楽だった。

何度そう思ったことだろう。

だけど、それは思い上がりだったかもしれない。

遊佐のあの時の心情は、いくら親友の祐介でも理解できるものではないし、それからの苦難の道は、代わってやれるものではなかったはずだ。

遊佐だからこそ、這い上がってこられた壁だった。

遊佐が指の故障に見舞われたのは、大学二年の夏の終わりだった。

世界の舞台どころか、優勝候補筆頭だったインカレも、期待されていた全日本総合にも出場できない状況に、遊佐は一気に追い込まれた。

祐介は、遊佐からの簡単なＬＩＮＥでそれを知った。

指を故障したのでしばらく練習は休む。寮にも戻れない。すまない。もう少し詳しいことがわかったらまた連絡する。本当にごめん。


驚いて、部長の遠田さんの寮の部屋を訪ねた。

遠田さんも遊佐の指の故障を知っていたけれど、もっと簡単なＬＩＮＥを受け取っていただけだった。

「お前以上に、俺が遊佐の事情を知っているわけないだろう」

遠田さんはそう言った。

「ですよね」

「だけど、ああそうですかと放ってもおけないよな。祐介、お前、遊佐のご両親とは？」

「たまに食事をご馳走になったり、試合を見に来てもらった時は、アドバイスをもらったりはしています」

「なら、お前、遊佐の実家に電話してみてくれ。お父さんがいいだろう。バドに関してはプロ中のプロだ」

「わかりました」

とは言ったものの、気は進まなかった。

遊佐の父親、遊佐圭一氏は、全日本を何度も制覇しオリンピックにも出場経験のあるヒーローであるばかりでなく、今も実業団のチームを率いてバドミントン界を牽引している実力者だ。

祐介にはいつも優しく接してくれるが、だからといって緊張を感じない相手ではない。

だけど、そんなことを言っている場合じゃないか。

祐介は、自分のスマートフォンに登録してある遊佐の実家の電話番号を画面で確認し、それを選んでコールボタンを押そうとした。

ちょうどその瞬間、自分の電話帳には登録のない携帯番号から電話がかかってきた。

とりあえず、先にその電話に出た。

「横川祐介くんの電話ですか？　私は、賢人の父親で遊佐圭一です」

今まさにかけようとしていた相手からの電話だった。

「あっ。はい横川です。遊佐、いや賢人さんのことで、今、そちらに電話しようと思っていたところです」

祐介は、なぜか小刻みに震えだした左手から右手にスマートフォンを握り替えた。

結局、同じ結果だったけれど。

「賢人からはどういう連絡を受けられました？」

「故障でしばらく練習には参加できない。ただそれだけです」

「なるほど」

とても大きなため息が伝わってきた。

「あの、遊佐はいったい？」

「指の血行障害らしいが、詳しいことは明日からの検査の結果を見てみないとわからないようです」

血行障害?

障害という言葉が、想像していた言葉、たとえば断裂とか骨折より柔らかなイメージだったので、祐介には何の知識もなかったこともあり、もしかしたら思っていたより症状は軽いんじゃないか? などと思ったりもした。

「明日、検査なんですか?」

「ええ。だから申し訳ないと思いましたが、君に電話をしました。今、賢人の支えになれるのはきっと君だけだと思うから。練習の合間でいいので、あいつに会ってもらえないかと思って。私は、明朝から海外に出なきゃならないんです」

「わかりました。必ず会いに行きます」

病院の名前を聞いた後で、電話を切った。

指先、いや全身の震えが収まるのを待って、遠田さんの部屋に戻る。

今の電話でわかった事情を説明し、自分がとりあえず遊佐に会ってくるので、夕方からの練習に少し遅れるかもしれないことを了承してもらう。

「頼むな。あいつはお前だけを信頼している。コートの中でも外でも」

「本当に信頼してたら、もう少しちゃんと故障のことも知らせてくれたんでしょうけどね」

遠田さんは、うなだれた祐介の頭を軽く小突いた。

「お前、ダブルスの専門家なんだからわかるだろう？　自分の故障がパートナーに与える影響がどれほどのものか」

「まあ」

「遊佐は、シングルスだけじゃなくダブルスにもマジで取り組んでる。それだけお前との絆を大切にしているってことだろ？　だからこそ言えなかったんじゃないのか」

「かもしれませんね」

おそらくそうなんだろう。

もし、シングルスだけなら、遊佐は真っ先に祐介に泣きついたかもしれない。

どうしよう。

怖いんだ。

何でこんなことに。

だけどできなかったのだろう。相方の祐介に、どうしたって影響するから。

「遊佐も故障には慣れっこだろうけど、今度はちょっとやっかいかもな」

黙りこんだ祐介に、遠田さんはさらに追い討ちをかけるようなことを言った。

「エッ」

「指の血行障害なんだろ？　野球のピッチャーやバレーボールの選手にも多い故障だ。どうしても指を酷使するから。当然、バドの選手にも多い」

そういえば有名なプロ野球のピッチャーが血行障害で手術をした記事を、祐介も新聞で読んだことがあった。だけど、その選手は、ちゃんとマウンドに戻ってきていた。

「でも、治るんですよね？」

遠田さんは、首を横に振った。

「わからん。俺は医者じゃないから。ただ、やっかいだということは聞いたことがある。手術に踏み切るかどうかの選択も難しいらしいし、手術した後で結局競技を断念する人もいる。そうかと思えば手術を回避したことで、不安を引きずったままダメになった人もいる。この先の競技者生命を左右するような故障だ」

遊佐がもし、ラケットを握れなくなったら。

遊佐からバドミントンを奪えば、それは生きる意味を奪うことと同じだ。

「けど、何もわからない状態で心配ばかりしていても始まらん。俺たちは遊佐がコートに戻ってくることを信じて、あいつを支えるしかない。だろ？」

「遊佐は絶対に、こんなことでバドを諦めたりしません。あいつはバドを続けるためなら、何にだって耐えるし、何だってやります」

「そうだな。きっと」

祐介は頭を深く下げて、遠田さんの部屋を出た。

その夜、いつもなら向かいのベッドに寝転んでいるはずの遊佐を思い、祐介は眠ることができなかった。

パソコンを開いて、インターネットで何度も血行障害を調べてもみた。いい話もあれば悪い話もあり、結局、何もわからなかった。

ただ、誰かにこの不安を宥めて欲しくて、送った里佳さんへのメール、その返信だけが祐介をなぐさめてくれた。

遊佐から、故障のことは聞いています。

私なりに彼を支えるつもり。私がついていて、彼をダメにしたりしない、絶対に。でしょう？

どんなことをしても、彼を救う。遊佐をもう一度コートに戻す。

もしコートに戻れなくても、ずっと彼を支え続ける。

だから、祐介は祐介のやり方で、遊佐を支えて。

祐介は里佳さんのメールに何度も頷いていた。

バカだな、俺。

そう言って視線を向けたベッドに、やっぱり遊佐はいなかった。

遊佐は、検査の結果も出ないうちに、水嶋との戦いのためコートに戻った。

祐介も遠田さんも、もちろん反対した。

けれど、最後になるかもしれないから、と言って遊佐は出場を強行した。

「最後って、どういう意味だよ。まだ何もわかっちゃいないのに」

当然、祐介は遊佐にそう言った。

遊佐は、ただこう答えた。

「お前を巻き込みたくなかった」

自分もショックで混乱していたせいなのか、いつもならいったん腹に収めてよく消化してから吐き出す感情が、ストレートに頭に駆け上ってくる。

遊佐と祐介のダブルスのコートでは、二人は対等だ。少なくとも祐介はそう信じて、どのゲームも戦ってきた。

それは、二人の間に、上下、優劣の差がないということであり、お互いを支えカバーするのは当然だ、ということでもある。

巻き込むだなんて、そんな言葉が遊佐の口から出て、正直ショックだった。言葉の意味そのものより申し訳なさそうな口ぶりが、かえって遊佐の優越感を滲(にじ)ませているようで、無性に腹が立った。

だから、あんなに弱っていた遊佐に、少し感情的な言葉も投げ返してしまった。

遊佐は、一瞬、とても寂しそうな目をした。だけどすぐにそれを強気な笑みでカモフラージュしてみせた。

それで、我に返って気がついた。

遊佐は、苦しみと焦りの中で、自分ではなく祐介を思いやっているのだと。

自分のシングルスプレーヤーとしての将来が心配なわけじゃない。遊佐は、心底、祐介とのダブルスを大切に思っている。

二人のダブルスは伸び盛りで、あと少しでもう一段高い場所に上れる、そんな時期だった。二人で築き上げてきたその勢いを自分が殺いでしまうことを、遊佐は本当に悔しがっている。そして心の中で何度も祐介に詫びているに違いない。そう感じた。

バドだけは諦めたくないんだ。助けて欲しい。

そう叫びたかったはずなのに、だけど言わなかった。

だから、祐介が言った。

「たとえ指を失っても、コートに戻ってこい。俺は、お前とダブルスでてっぺんに立つ」

遊佐の眼差しが揺れた。

そして痛めていない左手の拳を、固く、固く握りしめた。

遊佐の指の治療が始まった。

遊佐は、手術を回避した。というより拒否したらしい。

だけど、そのことに対して祐介は何の意見も差し挟まなかった。

遊佐の父親が信頼する主治医がいて、医学部に進学している里佳さんがついているのだから、門外漢の祐介に何か言えるわけもなかった。

祐介は、自分にしかできないことをしようと思った。

まず、横浜湊へ出向き海老原先生に会った。

先生も遊佐の故障のことは知っていた。遊佐の父親から報告を受けたらしい。

「どうですか。遊佐くんは？」

先生は、いつもと変わらない穏やかな口調でそう尋ねた。

「指は、手術なしでなんとか回復に向かっているようです。だけど故障自体より、メンタル面が心配です」

コートに戻りたい。遊佐のその想いが強すぎることが、祐介は怖かった。

故障からの復活に焦りは禁物だ。無理をすれば、復帰に向けて積み重ねてきたすべてを失いかねない。

「今のあの子にはしなやかさが足りない。心身に遊びがないからです」

「戦いの世界に、遊びが必要ですか？」

「遊びとは適切な余裕のことです。余裕は冷静な判断と自尊心を育てます。遊佐くんも余裕の大切さをちゃんと知っています。だけど彼は、あまりに上昇志向が強すぎてせっかく創り出した余裕を、いつも使い果たしてしまう」

頂点に立ちたいなら、心と体、両方に余裕を持ちなさい。

一瞬だけでも頂点に立てれば満足というなら別ですが、頂点に立ち続けたい、さらには頂点を通過点に次の高みを目指すのなら、余裕が必要です。

海老原先生に、何度もそう言われた。そうやって育てられてきた。

忘れていたわけじゃない。だけど、高校時代よりさらに厳しい戦いの日々に身をさらすうちに、遊佐だけじゃなく祐介も、少しずつ余裕をなくしていったのかもしれない。

ただ、祐介は育ってきた環境もあり、わずかでも貯金がないと人は前に進めないことを、どこかで自覚していた。だから、少しだけ遊佐より心が丈夫だった。

「次の遊びを生み出すのに、一番必要なものは何だと思いますか？」

たぶん、その答えを自分は知っている。知っているのに、言葉にならない。

「ずっと、それを私は君たちに伝えてきたと思いますが」

先生は微笑んだ。そして、体育館の壁にある、横浜湊のスローガンを指差した。

勇往邁進。

「勇気を持って前に進む、使い尽くした余裕がまた生まれるまで。ただそれだけ。単純だが、とても難しいことです。特に心が折れている時には」

「だけど、勇気は分かち合えるものですよね」

「もちろん。君も、チームの仲間も、そして私も」

そう言って、先生は祐介に一枚のメッセージカードを託した。

その中に何が書いてあるのか、それは明白だった。

次に、タイミングを見計らって、水嶋を病室に呼んだ。

水嶋は、遊佐が自分との戦いに拘ったせいで、その指の故障を重篤にしてしまったと、ずいぶん落ち込んでいた。そのせいか、遊佐に会いに行くことを渋る水嶋を、榊の力を借りて説得した。

遊佐と水嶋には、確かな絆がある。それは、天才でもなく絶対的なシングルスプレーヤーでもない祐介には、残念ながら結べない絆だった。

上ってきた道もそのスピードも別々だが、二人の目指している高みは同じだった。

水嶋は、ただ、遊佐だけを目標に、その背中だけを追ってここまでやってきた。

そして水嶋は、今、遊佐に並んだ。

遊佐と同じものを背負い始めた水嶋にしか口にできない言葉があるはずだ。祐介はそう思った。

「俺は、ダブルスに専念する」

そう言った遊佐に、戸惑いながらも水嶋はこう答えた。

「自分は、遊佐さんが見ようとしなかった景色を見るために、さらに高みに上ります」

とても、きっぱりとした口調だった。

遊佐は動揺を隠せなかった。

今まで、自分が導き育て上げてきた後輩が、メンタル面とはいえ、自分を追い越した瞬間を目の当たりにしたのだから。

さらに祐介は、遊佐の前で、水嶋とダブルスを組んで全日本に挑戦することを宣言した。

俺は立ち止まらない。お前をただ待っているなんてことはしない。

お前が帰ってくる場所は俺が守り抜く。だから絶対に戻ってこい。

そして選べ。自分がどんな道を行くのか。

言葉にしなくても、祐介の想いはきっと遊佐に伝わる。

祐介は、そう信じた。

水嶋を、悪く言えば利用したのは確かだ。

けれど、それを知ってもなお、水嶋は、祐介と組んでダブルスのコートに立つはずだ。

遊佐に憧れ、遊佐を尊敬し、ここまで上ってきたからこそ、レベルの高い新しい経験値が、自分をさらに高みに上げることを、ちゃんとわかっているはずだから。


水嶋と祐介は、祐介が意図していた以上の結果を出した。

早教大に入ってから、シングルスではトップクラスの岬省吾と組んでいるのにもかかわらず、ダブルスではどうしても結果が出なかった水嶋が、祐介がパートナーになったとたん、見違えるように動きがよくなり、ショットに切れが出るようになった。

祐介とは横浜湊の先輩後輩ということもあっただろうが、水嶋は、元来そういう性格なんだろう。祐介の少し強引なコントロールに、まったく異議を唱えなかった。

強くなれる、それさえわかれば、面倒でも辛くても、驚くほど従順に、少し無理な要求にも懸命に取り組んだ。

「最高に気持ちがいいです」

水嶋は、勝利をもぎとるたび、祐介にそう言った。

「ダブルスって、こんなに楽しいんですね。忘れてました」

そう言って目を輝かせてもいた。

お互いに、別の新しい才能と組むことで、発見できることも多い。

即席のダブルスで予選を勝ち上がり、全日本総合バドミントン選手権本戦でのベスト8は、二人にとって、十分に満足できる結果だった。

けれど、二人は、全日本終了後にあっさりコンビを解消した。

どれほど結果を出して互いに多くを得たとしても、水嶋と祐介のコートは、お互いが望む場所ではなかった。

快進撃の裏で、二人はそれを同じように感じていたはずだ。

祐介は、なおさら遊佐の復帰を待ち望んだ。

遊佐とだったら……。ベスト8で満足している場合じゃない。世界への扉にあと少しで手が届く。

同じほど、もしかしたらそれ以上の才能に溢れる水嶋と組んでいるのにもかかわらず、祐介はそんな想いに何度もかられた。

一方水嶋は、やはり自分はシングルスのコートで結果を出すべきだと思ったようだ。

「横川さんにダブルスのコートで教えてもらったこと、今度は自分のシングルスのコートに活かせるよう頑張ります」

すべての試合が終わった直後に、水嶋はそう言った。

「やっぱり、シングルスがいいか」

「っていうか、自分にはシングルスしかできないって、わかりました」

「そうか？　パートナー次第だろ。たとえば岬となら、チームに必要な強さは手に入れられると思うけど」

「その程度なら、ってことですよね」

「そうは言ってないけど」

「じゃあ、教えて下さい。ダブルスに一番必要なことって、横川さんはなんだと思いますか？」

めずらしいな、水嶋がこんなにからんでくるのは。

「ありきたりだけど、お互いへの信頼かな」

「でも、ダブルスのパートナーは、仲がいい必要なんてないっていう人もいますよね」

祐介は頷く。

強い絆があるように見えるのに、コートを一歩外に出たらほとんど口もきかない。実際そういうペアもいる。だからといって弱いわけでもない。

「ああ」

頷いてから、遊佐の顔を思い浮かべる。

「だけどやっぱり俺は、最後は信頼だと思う。信頼がなければ、レベルが上がれば上がるほど、先にメンタルが壊れていく。それが、互いの良さを潰す」

「俺もそう思います。ツインズがどんどん強くなっていくのも、遊佐さんと横川さんが最強なのも、ゆるぎない信頼があるからだと。俺も、榊が同じコートにいてくれた頃は、それを胸に勝利をもぎとっていました」

「岬のことは信頼できない？」

水嶋は、自嘲するように首を横に振った。

「省吾のせいじゃない。俺自身の問題なんだと思います。榊に抱いた信頼感が絶対すぎて、他の誰ともうまくやれない」

水嶋のバドを誰より愛していた榊は、水嶋のステップアップのために、自らのプライドを惜しげもなく削り二人のコートを守り抜いた。水嶋は、いわば、絶対的な信頼に守られ、己の好き勝手にコートを躍動していただけともいえる。

たぶん、榊は誰よりわかっていたのだろう。水嶋と自分の間には努力だけでは埋めようのない圧倒的な才能の違いがあることを。その才能の差を少しでも埋めることより、自分が踏み台になることで、水嶋がより高みに上ることを榊は望んだのかもしれない。

高校の卒業式の前日まで、二人はともにグラウンドを走りシャトルを打っていたと聞いた。

それにもかかわらず、榊は、卒業と同時に水嶋と同じステージをきっぱり降りた。

潔いといえば潔いが、自分にはできないことだ、と祐介は思う。

祐介には、バドを諦めることなんてできない。同じ才能がなくても、努力で埋めきれなくても、それでも走り続けることで、そういう天才たちとは違うバドを創りあげられるのでは、と思ってしまう。

未練なのか、志なのか。

いつも惑っている。惑いながらそれでも走り続けているのが今の自分だ。

「どうかしましたか？」

黙り込んだ祐介の口元を水嶋が怪訝な顔で見つめている。

「いや、すまん。ところで、お前が榊になる気はないのか？」

「俺が榊に？」

「榊のように、大きな気持ちで、お前が岬を引っ張っていけばいいじゃないか」

「俺には無理です。榊みたいな大らかさもコミュニケーション能力もないし」

「まあ、お前が岬とうまくいかないほうが、青翔大としてはありがたいけど。でもなあ、もったいない気もする。お前のダブルスにも、まだまだでっかい可能性があると思うよ。だって、俺とのコートでは結構うまくやってたじゃないか」

「正直言って、久々に心が躍って、遊佐さんが妬ましくなるほど魅力的でしたよ。横川さんとのコートは」

「へえ」

「でも、横川さんはそうじゃなかった。いつも、俺の背中に遊佐さんを見ていた。遊佐さんとの戦いをシミュレーションしていた」

ですよね？　というように、水嶋は祐介を見つめた。

一方通行の信頼ではないのと同じだ。水嶋はそう言っているのだろう。

「すまない」

その通りだったので、祐介は素直に頭を下げた。

「最初から、横川さんは、遊佐さんのための戦いをしているのだとわかってました。だけど、そのことに何の不満もありません。同じコートに入らなければわからないことを、身をもって教えてもらえたんですから」

「そうか。けど、ごめんな。お前を利用して」

祐介はもう一度頭を下げた。今度はさらに深く。

「大丈夫です。利用したことを後悔させるぐらいじゃなきゃ、シングルスでてっぺんは目指せませんから」

水嶋は、本当に伸び盛りなのだと改めて実感する。高校時代とは、肝の据わり方が違う。

「目指す場所を、自分で見つけたんだな」

「というか、その場所が、びっくりするほどまったく見えなかったんです」

「どういう意味？」

「今まで、俺は遊佐さんの背中だけを追いかけてきました。だけどその背中がフッと消えた時、目の前に広がっているのは、ひたすら聳え立つ険しい壁で、その先に何があるのかなんてまったく見えないんです。遊佐さんはずっと、こんな厳しい環境に身を置いて、一人で道を切り拓きながら上っていたのだと初めてわかりました。なのに」

「なのに？」

「いつも俺に手を差し伸べてくれて。だからよけいに、今までの自分の甘さが身に沁みます」

「ああ」

祐介は大きく頷く。

「俺も腹をくくりました。結局やることは一つなんです」

水嶋は、眼差しを少し遠くに向けた。その眼差しの向こうに、腕組みをして誰が立っているのかわかる気がした。

「勇・往・邁・進、だろ？」

祐介に、水嶋は大きく頷き笑った。

「遊佐さんは絶対に戻ってきます。俺はそれを信じて、シングルスのコートで、遊佐さんの復活を待ちます。そして、今度こそ、マジ、勝ちます」

「なら俺は、ダブルスのコートで、勇気を武器にあいつを待つよ」

「なんかそっちのほうが格好いいですね。横川さんって、いつも、コンパクトにいいとこ持っていきますよね」

苦笑いを決意の笑みに変え、水嶋は祐介に右手を差し出した。水嶋が祐介に、自分から手を差し出したのは初めてだった。祐介は、水嶋の成長を少しだけ妬ましく思いながら、自分も右手を差し出しその手を固く握りしめた。

明日からは、またライバルに戻る。でも、この瞬間、二人はかけがえのない仲間だった。天才遊佐賢人の復活を、心から願う仲間だった。

第五章　だから今を走る、君と

復帰戦を終え寮に戻って反省会を兼ねたミーティングをこなした後、明日も試合を控えていることもあり、祐介と遊佐は早めに自分たちの部屋に戻った。

今日の勝利の余韻にひたる暇もなく、ここから、連日のように、チームの戦いは続いていく。

疲労からの回復、モチベーションの維持。慣れた作業ではあるけれど、簡単なことじゃない。特に復帰したばかりの遊佐にとっては。

「疲れた？」

汗にまみれたユニフォームをバッグから出すこともなく、眠そうな顔の遊佐に、祐介が声をかけた。

「まあ、実戦は久しぶりだったから」

「徐々に、慣れていくさ。そうでなきゃ困るし」

「だな」

遊佐は、着替えを済ませると、何度も読み返したはずの漫画を手にベッドに横になった。

しかし、漫画は読まず、唐突にこんなことを尋ねてきた。

「あのさあ、横川でも後悔することってあんの？」

で、とりあえず答える。

「そりゃ、あるよ」

なんだか面倒な展開だ。経験上それはすぐわかったが、無視をするとよけいに面倒なので、とりあえず答える。

「例えば？」

「たいてい、バドのことだけどな。あの判断ミスがなかったら、とか？」

例えば、中学最後の大会、最後の試合、あの一瞬の判断ミス。

そのせいで、夢の対戦を逃した。

そのことを思うと、今ではその夢の対戦相手と年がら年中一緒にいるにもかかわらず、チクチクと胸が痛む。

当の遊佐は、祐介がそれほど遊佐との対戦に焦がれていたことなど、知りもしないのに。

「ああ、そういうやつね」

そんなことか、と気のない返事だ。

まったく、いつもそうだが、ならなんで訊く？

何を、どんな答えを期待している？

「お前は？」

仕方なくそう尋ねる。

「俺は、ゲームではあんまりそういうのないな。判断ミスなんかほとんどしない。したとしても、すぐになんとかするから」

確かに。ムカつくが、本当だ。

「あっ、そう」と、だから、祐介はそう返すしかない。

「俺は、あの一言、言わなかったほうがよかったな、とかそういう系」

ああ。

それが本当なら、何度も後悔してきたことだろう。

しかし、遊佐が自分の発言を後悔している様を見たことはない。

たいてい、遊佐は言いすぎる。傲慢で不遜な印象を、時として与えてしまうほどに。

頭のいいスマートな男なのに、と最初は不思議だったけれど、ともに過ごすうちに気がついた。それが遊佐なりの逃げ場所なんだろう、と。

トップを走り続けることへのストレスを、そうやって解消している。

本当は、大胆さと同じくらい繊細さも持ち合わせている。もっと言えば、懐に飛び込んできた人間には、過剰なほどに優しく、細やかに気を遣う。

「で、今から、また後悔するわけなんだけど」

「はっ、何、それ？」

「お前に、いらんことを訊いて、後悔するかなと」

「意味がわからん。けど、訊けば？　訊きたいんだろう」

じゃあ、と言って、遊佐は起き上がった。

「横川、お前さあ、なんで北海道から横浜に来たの？」

なんで、今さら、それ？

「家庭の事情。それ以上はノーコメント」

「親友なのに？」

「親友だから」

意味わかんねえ、と遊佐が小さく呟く。

「あの人さあ、お前のお父さんじゃなかったの？」

その発言は、後悔してもらわないと。

踏み込みすぎだろう。俺自身でさえ、そこには触れずに生きているのに。

そう思った祐介は、遊佐が誰のことを言っているのかもちろん心当たりはあったが、何も答えなかった。

「沖縄の体育館の駐車場で、必死に謝ってた人いたよね？　あんな、地面に付きそうなほど頭下げてさ。許せないんだ？　それでも」

許せないよ。あんなことじゃ。

だけど、口にはしない。

両親の愛情をいっぱいに受けて育ってきた、だからこそ、のびやかで魅力的なこの男に、そんなことを言っても仕方がない。

「そんなに人を憎むのって、けっこう体力いるよな。しんどくないの？」

「憎んじゃいない。なかったことにして忘れてるんだ」

つい、うっかり、本音を口にしてしまう。

「同じだろう？　忘れたふりをしていても、消えてなくなるわけじゃない。許せないのなら、憎むしかないんじゃないの？　血のつながった親子って、そういうのやっかいじゃん」

「血のつながりだけが絆じゃないだろ？　俺には、血のつながりのない恩人がいっぱいいるから。その人たちを大事に思うことで、ちゃんと満ち足りてる」

「本当に？　絶対に？」

何かあったのなら、早く本題に入れ。

俺の奥底で腐っているかもしれない過去のことなんかどうでもいいんだよ、と祐介は、頷く代わりに眉間にしわを寄せ厳しい視線を送る。

その視線にたじろいだのかこのあたりが引き際だと判断したのか、遊佐はこう言った。

「俺、今、父さんとうまくいってないんだ」

そういうことか。

でも、そのうまくいってない、は祐介の抱えているものとはまったく種類の違うものだ。たぶん、いや絶対に。

「それは、親としての愛情ゆえ、っていうやつだろ？」

「そうなんだけど。やっぱ、父さん自身のプライドっていうか、エゴもあるじゃん。っていうか、そっちのほうがでかいと思う」

幼い頃から手塩にかけて育ててきたプリンスが王道を歩くべきだと思って、それがエゴだと言えるだろうか？

怪我が治れば、欲も出てくる。親として指導者として、当然かもしれない。

一方遊佐の立場になれば、やはり、大きな故障から自らの足で立ち直った今だからこそ、恵まれた環境で敷かれたレールの上を走りたくないのだろう。その気持ちもよくわかる。

「ちゃんと向き合えば、わかってくれるよ。お前が、今、何をしたいのか。この先、どんな未来を描きたいのか。とことん話し合ってみれば？」

遊佐は、顔をしかめている。

祐介が思っている以上に、父子はこじれているのだろうか。

そういえば、練習が休みの日にはこまめに実家に戻っていたのに、ここ最近はずっと寮にいた。復帰のかかったリーグ戦が近いからだと思っていたが、それだけじゃないのかもしれない。

だけど、それでも、向き合うべきだろう。

向き合うべき相手がいるのだから。

「すぐに解決しようとしないで、時間をかければいいさ。お前のコートでの姿が、答えになるかもしれないし」

「そうだな」

遊佐は頷くと、フッと笑った。

自分のことは棚に上げて、とでも思ったのかもしれない。でもそれを口にしなかったのは、バドミントンに関係のないことで口論になって、明日の試合に影響があっては困ると慮ったからだろう。

「もしわかってもらえなくても、俺は俺の道を自分で選ぶ。そのぶんの責任もちゃんと背負う」

遊佐は、ただそれだけを言った。

「わかってるよ」

お前はいつだってそうじゃないか。

有言実行。

口にしたことを、必ず実現していく。そのために誰より努力する。誰より険しい道をあえて選ぶ。

俺もそうありたいと思ってるよ。

同じコートに立つ以上。

翌日は一部リーグに上がってきたばかりの勢いのある帝城大との戦いになったが、遊佐と祐介は、第一ダブルスで出場し完勝した。

それが勢いとなり、男子チームは3－1で勝利を手にしたが、女子チームの戦いは、最後の第三シングルスにもつれこんでいた。

祐介たちは、自分たちの試合が終わってから、女子が試合をしているコートのすぐそばで応援に精を出した。

コートに立つのは、三上梓。

こんなふうに、梓の公式戦を間近で見るのは久しぶりだった。

自分でも意外なほど、緊張した。

「お前、緊張しすぎ。もっとリラックスして応援しろよ。梓ちゃんのほうがずっとリラックスしてるよ」

両手の拳を固く握りしめていた。それを遊佐に笑われるまで気づかず、苦笑する。

「彼女、うまくなったね。技術的にもそうだけど、試合運び？」

確かに。

水嶋もそうだったが、身近に特別なお手本があるという環境が、これほど成長に拍車をかけるのか、と改めて感心させられる。

相手が嫌になるまでしつこく丹念にコースを選んで、梓は、ラリーの主導権を手に入れる。決して急がない。絶好の場所で決め球を打てるまで。

いつのまに、こんなに？

対戦相手は、つい最近まで、梓にとってはかなりの格上だったはず。しかし、このゲームを見る限り、梓のほうが何枚も上手だ。

「この分だと、女王までいっちゃうかもよ」

「かもね」

「頑張ってくれれば、一緒にオリンピック、行けるかもじゃん」

　一緒にオリンピック。

　それは、考えたことがなかった。

　でも、絶対に不可能な夢じゃない。

「時々、うらやましくなる」

「何が？」

「俺も、里佳さんと一緒にシャトルを打てたらなって。何もオリンピックを一緒に目指したいわけじゃないけど、たまにはね」

「里佳さんはいつもお前と一緒に走ってるじゃないか。いや、ちょっとだけいつも向こうが先に走っているかもな。なら、お前がもっと頑張れば、きっと一緒に行けるよ、どこにだって」

　遊佐は、微笑んだ。満足そうにも見えたし寂しそうにも見えた。


　梓が勝利を手にし、満面の笑みで高らかにラケットを掲げた。

　梓の視線の先には、祐介がいる。

　立ち上がり、遊佐と一緒に拍手で勝利を称(たた)えた。

　今、こうやって、遊佐と二人並んで仲間の勝利を喜んでいる。あたりまえのことのようで、遊佐にとっては特別なことだ。

リハビリ中、厳しい表情で、仲間の戦う姿を観覧席で見続けていた遊佐を思い出す。

無理に観戦する必要もないし、応援もいらない。

祐介は遊佐に、自分のリハビリだけに専念したほうがいいのでは、と言ってはみた。

どうせ、聞きはしないだろうと思っていたけれど。

遊佐は、退院してからあの復帰戦まで、練習試合も含め、ほとんどの試合を観戦し続けた。

少しでもチームのそばにいて、実戦の感触を体に蘇らせたいという必死の想いが伝わってきて、祐介も他のチームメイトも、コートから逆に観覧席の遊佐を見守る、そんな日々が長く続いた。

それも、今は笑い話にできるようになった。


春のリーグ戦は、無敗のまま、最後の首都体大戦を迎えた。

相手の首都体大は、早教大に一敗を喫しているため、これを凌げば青翔大の優勝が決まる。一方、首都体大にすれば、ここをストレートで勝てば、早教大の結果次第だが、優勝の可能性が出てくる。

ここまで最初の対早教大戦を除いて、喜多嶋監督は、遊佐だけでなく祐介もシングルス戦から外していた。やはり、厳しい連戦での体力の消耗を心配したのだろう。

祐介と遊佐のダブルス、ツインズのダブルス、ここをしっかり勝ち抜いて、後の一勝をチームの別の誰かがシングルスでもぎとる形で、青翔大は勝利を重ねてきた。

しかし、最後の決戦、強豪首都体大相手となると、今あるチーム力を最大限使って戦う必要があった。

勝敗が読めない対戦カードが多く、遊佐のシングルスなしで優勝をつかみとることは難しい。それが監督だけでなくチームの総意だった。

その結果、第一シングルス横川祐介、第二シングルス山崎勇人（ゆうと）、第一ダブルス横川・遊佐、第二ダブルス東山（ひがしやま）ツインズ、第三シングルス遊佐賢人でオーダーが組まれた。関西の名門比良山（ひらやま）高校出身の山崎さん以外は横浜湊出身ということになる。

一方予想される首都体大のオーダーも、ベストメンバーで組まれていれば、すべてが埼玉ふたばの出身になるはずだ。

つまり、因縁の戦いだ。

「本当は、主将の俺が第三シングルスで最後の砦を守るべきなのはわかっている。けれど今、このチームで最後を死守し優勝を手繰（たぐ）り寄せることができるのは、お前だけだ。引き受けてくれるか？」

「もちろんです」

昨夜、監督からのオーダーを受けて、主将の山崎さんにそう言われた遊佐は大きく頷いていた。

できれば、その遊佐を引っ張り出すことなく勝利をもぎとりたい。

第一シングルス、まずは、自分の戦いが肝になる。祐介もそれはわかっていた。わかりすぎるほどに。

「ちょっと、硬いんじゃない？」

遊佐がテーピングをしている間、一人でアップに励んでいた祐介の背中から、そんな声がかかった。

振り返ると、遠田さんがお得意の喰えない笑みを浮かべて立っていた。

「お久しぶりです」

「練習終わりに飛んできたんだ。間に合ってよかった」

「お忙しい中、ありがとうございます」

祐介は頭を下げる。

顔を上げると、少し後ろに戻ってきた遊佐の姿が見えた。テーピングが終わったらしい。

ところが、遠田さんの背中を見つけたとたん、遊佐はそっと踵（きびす）を返す。そうだろうね。お前はそういう奴だよ。

「横川にしては、珍しく緊張してるみたいだけど、大丈夫か？」

まずいな。自分自身ならともかく、他人に硬さが伝わるようでは。

祐介は、あれやこれやでため息をつきそうになり、なんとかのみ込んだ。

もっと大きな舞台に何度も立っている。世界が舞台であることも多くなってきた。それなのに、優勝を決める試合とはいえ、どうして雰囲気や相手に馴染んでいるリーグ戦でこれほど緊張するのかわからなかった。

「ただのリーグ戦だが、待ちに待った瞬間だからな」

遠田さんが、祐介の心を読むように答えてくれた。

昨年の秋、遊佐の故障で、シングルスとダブルス、確実な二勝を失ったチーム青翔は、あと一歩のところで団体優勝に手が届かなかった。自身はシングルスで一度も負けず、チームを引っ張り続けた遠田さんは、本当に悔しかったはずだ。

それでも遠田さんは、遊佐の復帰に最後まで力を貸してくれた。

今日、遠田さんの目の前でリーグ優勝をもぎとることが、感謝を伝える一番の方法だ。

「任せて下さい。そのためにみんな走り続けてきたんですから」

「じゃあ、信じてみっか」

遠田さんは、笑って大きく頷いてくれた。

祐介の相手は、首都体大の一年生エース、三沢(みさわ)。

水嶋たちが卒業した後、横浜湊から優勝旗を奪い返したのが、この三沢が率いていた埼玉ふたば学園だ。

実力者揃いの首都体大で、入学してすぐにレギュラーを、そしてリーグ戦の終盤にはエースの座を勝ち取るのは、生半可なことじゃない。

対戦経験がないだけに緊張は増すが、そんなことは言い訳にならない。軽く頬をたたき、自らに気合いを入れ、コートに出る。

ファーストゲーム、ラブオール、プレー。戦いは祐介のサービスから始まった。

怪我も故障もない。緊張感も慣れ親しんだもの。

ところがどういうわけか思うように体が動かない。自分のリズムがつかめないうちに11点のインターバルを3点差で相手にとられた。振り払えないもどかしさが体に充満している。

遊佐が、うちわを手に歩み寄ってきた。監督はどっしりと座ったまま、祐介にかすかに頷いただけ。

「どうした?」

「体が、妙に重い」

「ああ」

「ああ、ってなんだよ。なんかアドバイスないの?」

「確かに硬さはあるみたいだけど、あいつのフットワークが軽いからよけいにそう思うんじゃない?」

そういえばそうかもしれない。こちらの力技をうまくかわされ、そのたびにメンタルを抉(えぐ)られている、そんな感じだ。

「あいつ、かなりうまいな。水嶋も三沢とやってファイナルでようやく逃げ切ったらしいけど、水嶋の調子が悪かったわけじゃなかったのかもな。……けど、お前が勝てない相手じゃない」

遊佐はそう言うと、ベンチに戻っていった。

勝てない相手じゃない、と実は祐介自身も感じていた。こうも劣勢に立っているのはすべて自分に原因がある、と認識もしていた。

わかっていても、結局、何一つ修正できないままファーストゲームを持っていかれた。セカンドゲーム、それでも少しずつ相手の癖やペースがわかり始め、こちらから先手を打てるようにもなってきた。

今度は11点のインターバルを祐介がとった。しかし、そこから大きく引き離すこともできない。

せっかくリードしても、すぐに、ミスを誘われ同点に追いつかれる。

ここから、ここから。

集中。

ベンチの声に気持ちは反応するのに、足が動かない。

執拗な、嫌がらせのようなシャトルの動きに、思った以上に心身を削り取られていたのかもしれない。

25オールで、ふと思った。

もうこのまま諦めたほうがいいんじゃないのか。これ以上ダメージを大きくしたら、後のダブルスに響いてしまう。大切なのはチームとして勝つことで、自分が勝つことじゃない。

視線が、すがるように遊佐の姿を捜す。

バーカ。ざけんな。

ベンチの真ん中で偉そうに座っている、祐介の視線をまっすぐに受け止めた遊佐の口が、そう動いた。

そうだ。

諦めるなんて、そんな言葉、このチームの辞書には載っていない。

祐介は、諦念を振り切るように気合いの声をあげる。

ベンチが揃ってそれに応えてくれる。

そこから一打ごとに自らを叱咤激励する。足を動かせ。ラケットを上げろ。コートに悔いを残すな。

調子が戻らないまでもなんとか凌ぎ、28点でようやくこのゲームをものにした。

インターバル、やっぱり遊佐が来た。

「あのままやられたら、ダブルス、辞退しようかと思った」

「悪い」

「いいけど。横川でもああなるんだってわかったら、ちょっと楽になったし」

「なんだそれ」

「俺にできることが、もっとあるってわかった、ってことだよ」

「ふうん」

そんなこと、ずっと前からわかっているじゃないか。遊佐にしかできないこと、遊佐だからできること、俺たちのコートにはいっぱいあるんだよ。

言わないけどな。

ファイナルゲーム、ラブオール、プレー。

まだ調子は上がらない。

それでも、自分にできるすべてでシャトルを追う。相手の弱みを探し続ける。自らの弱みを消しながら。

結局ファイナルも、最近は経験のないロングゲームになり、最後は白らのスマッシュがラインを割り26－28。三沢に貴重な一勝を献上してしまった。

「シングルスも、結構やるんですね」

ネット前で握手を交わした時、不必要なほどさわやかな笑みを浮かべた三沢に、そう囁かれた。

指先が震えるほど悔しかった。

けれど、そう言われても仕方のないゲーム運びだ。ゆっくり鼻から息を吸い込んだ後で、どうも、とだけ答えた。

一勝を失っただけでなく、この後のダブルスを思えば、そのダメージははかりしれない。

汗まみれのユニフォームを着替えベンチに戻ると、遊佐が、お疲れ、と声をかけてくれた。

「すまない」

「何が？　いい感じに弱らせてくれたじゃん。監督も横川はいい仕事をするなって言ってたし、陽次なんてこれで勝ったも同然だって笑ってたぞ」

三沢は、この後ツインズとの第二ダブルスに出場予定だ。そこまでチームが踏ん張っていれば、の話だが。

「あいつに何か言われてただろう？」

「シングルスも、結構やるんですね、だってさ」

「なんだそれ？」

「お前、遊佐かよ、と思ったよ」

「俺は、あんなどっちに転ぶかわからんへボ試合の後で、そういうことは言わない」

そう言って、遊佐は笑う。

体の疲労は半端じゃなかったけれど、その笑顔のおかげで、抉られたメンタルのほうは急激に復活してきた。

続いて行われた第二シングルスの山崎さんも、健闘むなしくファイナルを18－21で振り切られた。

これで、チームは後がない状態に追い込まれたことになる。

しかし、山崎さんがどのゲームも相当粘ってくれたおかげで、祐介は思っていたより体を休めることができた。

「大丈夫、ここから三連勝すればいいだけだから」

アップを終えた遊佐は、何でもないようにそう言う。

「そりゃそうだけど」

「ツインズと俺たちのダブルスは絶対だし、後は、俺が勝てばいいだけ。よくあることじゃん」

「復帰明けに、よくそういう大口たたけるな」

「俺、今、喜多嶋監督よりチームの状態、わかってるからね」

遊佐は、リハビリの間チームのゲームを誰より見ていた。そして、それはつまり相手コートもちゃんと見ていたってことになる。遊佐が、一番、今回のカードを冷静に分析し判断しているのかもしれない。

「お疲れさまでした。ここから巻き返します。まず俺たちの一勝を見守って下さい」

祐介の言葉に、ベンチに戻ってきた山崎さんは、一瞬の間を置き、それから悔しさや疲れを振り払って笑ってくれた。

「おう。ベンチは任せておけ。お前たちもツインズもまとめて応援するから」

「あと、遠田さん、来てますよ」

「えっ」

山崎さんは、慌てて観覧席に首を向け、ほぼ同時に、体を二つに折るように深く頭を下げた。

「絶対に、優勝、手繰り寄せてくれ。今日、あの人を胴上げできなかったら、俺、ヤバい」

そこは、遠田さんではなく喜多嶋監督では？

「わかってます。必ず」

祐介は、拳を握り、山崎さんの拳に重ねた。

直後に、第一ダブルスの試合がコールされた。

相手ペアと、遊佐と握手を交わし、祐介はホームポジションにつく。そしていつもとは逆に、遊佐の気合いの声に祐介が応える。

ファーストゲーム、ラブオール、プレー。

審判のコールとともに、二人は負けることの許されない戦いに突入していった。

3－3から、祐介のミスで相手に2点を連取され3－5に。

体の硬さはまだとれない。

けれど、さっきのシングルスのコートとは違い、不安やモヤモヤ感はない。

こんなふうに心と体がちぐはぐな時は、焦りを宥め、勇気を持って無理をしないことだ。

そう思える自分がいるのは、きっと、遊佐の刻むステップに安定感があるから。

大見得を切るだけあって、リーグ戦のダブルスのコートで徐々に調子を上げてきた遊佐の動きは軽やかだ。その遊佐にリードを任せ、リズムを合わせる。そうすることで、自らの硬さを体の内側に溶かしていくことができるはず。

何もかも絶好調。どこにも不安のかけらはない。そんな状態で試合に臨めることのほうが少ない。

多かれ少なかれ不調やダメージを抱えながら、それを戦いの場で乗り越えていく術を、祐介は知っているはずだった。それをシングルスのコートで発揮できなかったのは自分の未熟さゆえだが、ダブルスのコートでこそ、自分はそれを実践できる。しなきゃいけない。

遊佐は、祐介の硬さの加減を、驚くほど正確に察知している。

ラリーの切れ目に、いつもは祐介がかける声を、今日は遊佐が何度もかけてくれた。

1点をとられた時は「次、一本」、取り返したら「もう一本」。

短く当たり前の掛け声が、祐介のストレスを取り除くのに一番だと遊佐は知っている。

祐介は大きな声でそれに応え、ラケットを上げ足を動かし、シャトルを追った。

インターバル、二人にアイスパックを当ててくれたのは山崎さんだった。

「調子にのってきたね」

「はい」

「俺、謝んなきゃな」

「何をですか？」

「色々さ」

「あと監督から伝言。とにかく勝て。それがお前らの仕事で、やって当然のことだからだってさ」

「どうも」

「お前らは凄い」

「色々、ですか」

「監督、今日、動かないですね」

「あれな、首が痛いらしい。寝違えたとか」

「はい？」

「なら、胴上げ無理っすね」

「いや。そこは首が折れても上げろ、って言うんじゃない？」

「どっちにしても、ここを勝たないとな、頼むぞ」

「はい」

祐介と遊佐は水分補給をしながら、揃って頷いた。

自分が一敗を喫し追い込まれたことで、優勝を諦めかけたのかもしれない。祐介たちを信じ切れなかったという悔いが、山崎さんの中にはあるのかもしれない。だけど、山崎さんはやっぱり主将だ。ただひたすらチームの勝利を願う。

最後には、信じてるから、そう言ってベンチに戻った。

拳を重ねた後、祐介たちもコートに戻った。

今度は、いつものように祐介が気合いの声をあげ、遊佐がそれに応える。

ペースがいつも通り、いやそれ以上に上がった。

しかし、パワープレーには走らず、バドらしいバドに徹する。いじわるで嫌らしい、相手を萎えさせる球を、二人は、何度も相手コートに送り込む。そして拾う。一気にペースを取り返したい、そんな相手の想いが伝わってくる力強いスマッシュやドライブも、易々と、そう見えるように打ち返してみせる。

動体視力と反射神経。水嶋ほどではないが、二人の能力はチームでもトップクラスだった。もともとの能力というより、努力の結果だ。自分たちのダブルスに必要なことを、二人で鎬を削り合って手に入れてきた。

難しい球ほど、うまく返せば次のチャンスを生む。

そうやって相手を翻弄し、ラリーの主導権を奪い返す。繰り返すことで、じわじわとメンタルを弱らせていく。

ファーストゲーム、思い通りの試合展開で、21－14、祐介たちが手に入れた。

相手の気持ちの切れ方は半端じゃないようだ。防戦一方で、ゲームの後半は球を見送ることも多かったのに、動き回っていた祐介たちの何倍も汗にまみれ荒い呼吸を繰り返している。そして何より、サイドバイサイド、横並びに釘付けにされた鬱憤が、体全体に漂っている。

このまま心身のバランスを崩したまま、次のコートに立ってくれればありがたいけど。

インターバルの間、横目で相手ペアを見ながら、正直、一瞬そう思った。

「これですむわけないよな」

しかし、相手は首都体大のエースペア。

遊佐のまっとうな意見に、祐介も、自分の甘い考えをすっぱり捨て頷く。

喜多嶋監督は笑顔だ。ベンチでただ笑顔。それも少々強張っている。頷くのも辛いのかもしれない。

山崎さんも汗を拭う祐介たちに風を送り、「そのまま行けってさ」と監督の言葉を伝えながら、あの笑顔きもいな、と苦笑いだ。

予想通り、相手ペアは、わずかなインターバルの間に気持ちを切り替え、新しいゲームがコールされると、闘志も新たに声をかけ合っていた。少なくとも、メンタル面での浄化はすませているようだ。

祐介は遊佐と視線を交わし、お互いが、冷静であることを確認する。

一ゲーム目の勢いに任せて無理はしない。

バドミントンは、勝負を急ぐ競技ではない。

力も技もスピードも、すべては駆け引きのためにある。

どんなに上り調子でも、確実に球をつないでいくことからすべてが始まる。シングルスより展開の速いダブルスであっても、それは同じだ。

二人は、相手が取り戻した気概を、根気よく削り取っていく。

11点のインターバル、そのタイミングで一つ向こうのコートにツインズが入った。

頼んだぞ。

水分補給にいそしみながら、祐介は、二人に心の中でそっと声をかけた。遊佐もツインズのコートに視線を向けている。

しかしここにきて、遊佐の息が少し荒くなってきた。

毎日走り込み、基礎トレーニングを厭わず、地道な努力をどれだけ積み重ねてきても、故障からのリハビリで、一番辛いのも難しいのも体力の回復だ。

試合で、心身にプレッシャーを受けながら長いゲームを凌ぐには、しかしそれが一番重要だ。最後まで自分の打点に走りこめる体力。

結局、最後は、体力っすから。

水嶋がかつて言った言葉だ。そして、祐介たちが今は合い言葉にしている。

「大丈夫か？」

「俺？　あいつら？」

「お前だよ」

遊佐は、隣のコートで汗を拭う相手ペアを見た。

このゲームっていうより、間を置かずに始まるはずの第三シングルスのことだけど、とは言わなかった。けれど、遊佐は察したようだ。

「少し足にきてるけど、大丈夫。ここはもうお前の代わりに頑張らなくてもいいみたいだし、後は最後まで、ちゃんと俺の仕事をやるさ」

コートに戻るよう主審に促され、祐介たちはホームポジションにつく。そしてそれよりさらに遅れて、相手ペアもホームポジションに入り、ラケットを構えた。

相手の、より足の重くなってきているほうを狙い撃ちにした。

手加減せず、痛めつけた。何度も何度も、遊佐と交代で。

それでも、このゲーム、最後まで相手ペアは切れなかった。

一人は、何度狙い撃ちにされても黙々と球にくらいつき、相方は、失点を重ねるパートナーに声をかけ、より足を動かし全力でカバーしていた。

最後の1点まで、見応えのあるいいラリーが何度も続いた。

もっとも、祐介たちは、ひたすら相手の動きと球を追っていたので、ラリーの見応えなどわかるはずもなく、後でチームメイトが録画してくれた映像でそれを確認したのだが。

21－16でセカンドゲームをものにすると、勝利の余韻に浸ることなく、すぐにツインズの応援に回る。

ツインズは、本当にうまくなった。

強いというよりうまいという表現のほうが、二人のダブルスにはピッタリくる。うまさが彼らの強さだともいえる。

二人は、今日の対戦相手の三沢・高道（たかみち）ペアとは初対戦だった。彼らは、祐介たちと戦ったエースダブルスを凌ぐ勢いで伸びてきている、首都体大の次のエースペアだ。チームでの立ち位置も今のツインズと同じ。勢いのあるペア同士の対決といえる。慎重かつ大胆にな」

「初っ端の探り合いでしくじると、一気に流れを持っていかれ厳しい戦いになる。慎重かつ大胆にな」


喜多嶋監督はそう言って二人を送り出したらしい。

けれどそんな心配は無用だった。二人は、とても冷静だった。

馴染みのある草食系戦法ではあったが、決して防戦一方というわけではなく、チャンスは逃さず攻撃に転じ、ほとんどのラリーをコントロールし最後にはものにしていた。

特に後半の突き放し方は圧巻だった。

シングルスの疲労を隠せない三沢を徹底的に狙い撃ちにし、手を緩めることなくその心身を抉り続けた。あれほど祐介をいいように振り回した三沢が、翻弄されミスを誘われ自滅していく様に、祐介は溜飲を下げる、というより呆れていた。

21－17、点差から見ればある程度は競ったゲームだったかもしれない。

しかし、その点差さえもツインズの予定通りかと思えるほど、彼らには余裕があった。

セカンドゲームに入る前、それぞれのペアが互いのコートでホームポジションについた時点で、遊佐が言った。

「優勝を手繰り寄せたな」

「ああ」

祐介も頷いた。もはや、相手コートの二人にまともな戦意は感じられない。

予想通り、セカンドゲームは、さらに不安を感じさせない試合運びで、ツインズは21－15で勝利を手に入れた。

試合終了後、陽次と握手を交わしていた三沢の顔が、一瞬ゆがんだ。太一が、それを取りつくろうように三沢に笑顔を向けている。

とにかく、これで勝負は五分。

誰かが負けても誰かが取り返す、それがチームだ。遠田さんの口癖だった。

ベンチから観覧席を振り返ると、まあまあだね、というように遠田さんが笑っていた。

遊佐の相手は、こちらの予想通り、首都体大の主将、高田（たかだ）だった。

高校時代から、幾度となく対戦経験がある。

当然だが、遊佐は負けたことがない。だからといって簡単な相手でもない。

とにかく粘り強いというか、しつこい。

祐介の経験だと、イラッときてメンタルがやられたら最後、自らのミスでピンチを招いてしまうことが何度かあった。

遊佐は、祐介といつも通り基礎打ちで心身を調整すると、淡々とした風情でコートに出て行った。

「集中」

背中にかけた祐介の声に応えるように、遊佐は、一声雄叫（おたけ）びをあげた。

ファーストゲーム、それでも久しぶりのシングルスのコートに、遊佐でさえ緊張したのか、一本一本のラリーはそれほど高度でも長くもなかったけれど、点数はじれったいほどいったりきたりを繰り返す。

19－20と一度は追い込まれながら、それでも遊佐は土壇場で3点を連取し、22－20で、ファーストゲームをもぎとった。

時間を確かめると、二十五分。

「次で決めないと、厳しいかも」

インターバルでタオルを差し出しながら、祐介はそう言った。

高田はダブルスには出ていないので、体力のダメージは少ない。長引くと、遊佐が不利になるのは当然だ。

「ちょっと、様子見してただけ」

拭ってもひっきりなしに湧いてくる汗を拭きながら、遊佐は答える。

「何を様子見してた？　高田のプレーはよく知ってるだろう？」

「相手は関係ない。自分の調子を見ていた。けど、とりあえずやっつける。で、監督はなんか言ってた？」

「首が痛いから、早く決めてくれってさ」

「なんか巻けばいいのに」

「弱みは見せられない、そうだ」

「いや、プレーしないんだから監督はいいだろう」

一瞬、遊佐は顔をしかめ、その後で、嫌味なほど端正な笑顔を祐介に向けこう言った。

「次で決めるよ、って伝えて」

ダブルスの後、それほど体を休める時間はなかった。当然、絶好調ではない。だけど、次もモタモタするほど悪くはない。そろそろけりをつける。

そういう意味だと理解して、ああ、と祐介は頷いた。

遊佐はたっぷり水分を補給すると、また淡々とコートに戻っていった。

セカンドゲーム、遊佐のサービスから始まった。

と思ったら、ほぼ遊佐のサービスで試合は進行していった。一ゲーム目の接戦が嘘のように点差がみるみる開いていく様を、祐介だけでなく、どちらのベンチも呆然と眺めていた。

「遊佐さん、相変わらずっすね」

久しぶりに見る、遊佐らしいシングルスのコートにテンションが上がったのか、太一が嬉しそうに祐介の耳に囁く。

「一ゲーム目とは、人が変わったみたいだ。ひょっとして、これも作戦？」

陽次も同じように笑顔だ。

「そういうんじゃない。あいつにまだそんな余裕はないんだ。ただ、自分の心身の調子を確かめながら戦っていたら、こんなゲーム運びになったたっていうことだろうな」

インターバルで、遊佐が説明した短い言葉を、ツインズに理解できるよう祐介はかみ砕いて説明する。

　セカンドゲームは、最後まで一方的だった。あまりに一方的な試合進行に両ベンチからの声はほとんど出ない。

「そういや、陽次、お前、三沢になんか言ってただろう？」

　だからなのか、つい、関係のない話を陽次に振ってしまった。

　ああ、と陽次は笑う。

「ダブルスも、結構やってくれてもよかったのに、って言っときました」

「はあ？」

　油断ならない。

　いったいどこから、遊佐との会話を聞いていたのか。気をつけて声は潜めていたのに。

　気を引き締めなおして、祐介は遊佐のゲームに集中する。

　シューズの床をこする音だけが響く静まりかえったコートで、祐介だけが、遊佐のラケットが下がってきたところで、シンプルな掛け声を何度かかけた。

　遊佐は、どれほど点差が開いても、ちゃんと祐介の声に呼応し、そのたびにラケットを持ち上げ声をあげた。

　結局、遊佐は、21－8で勝利をもぎとった。両ベンチが驚くほどの圧勝。リーグ優勝を決める最後の一戦というには、あまりにあっけない幕切れだった。

　遊佐が高田と握手を交わし審判に挨拶をし、勝者サインを終えた瞬間、ベンチも応援席も歓喜の渦、いや嵐に包まれた。

すぐに、遊佐はチームメイトにもみくちゃにされ、宙に舞いあがった。

次に山崎さんが、観覧席から遠田さんも駆けつけ、みんなの手で次々に宙を舞う。

監督ももちろん胴上げをしてもらいたそうに寄ってきたが、首が治ったら、とチーム全員に遠慮されショックを受けていた。それは仕方ないだろう。これ以上症状が悪化して、あの不気味な笑顔を見続けるなんて無理だ。

本当に久しぶりの快挙だった。

チームは、お祭り騒ぎ。チーム写真撮影の時でさえ、弾けすぎた笑顔のせいで、何度か撮り直しがあったほどだ。

とりわけ遊佐は、ゲームの疲労などみじんも感じさせない満面の笑みで、一番大きな声をあげていた。

祐介だけが、少しチームの喧騒から距離を置いてリーグ優勝を喜んでいた。

自分がシングルスで悔いの残る負け方をしたことも、少しは影響していたかもしれない。けれど、振り返れば、いつもそうだった気もする。

祐介は、いつも、勝利を手にした瞬間から次のステップの難しさを考え始めてしまう。

遊佐のように、そこでは単純に弾け、歓喜の記憶をしっかり刻み付けてからまた次のステップに歩き出す、ということができない。そのほうがいいとわかっていてもできない。

「あいかわらず、横川さん、クールっすね」

陽次が、背中を小突いてきた。

「ノリが悪くてスマン」

「俺、そういう横川さんが好きです。落ち着くっていうか。特に今回は監督が不気味すぎてヤバかったから」

「俺も。やっぱ、チームには不気味な笑顔じゃなく、はしゃぎすぎの陽気さだけでなく、冷静さが必要ですよ」

太一もやってきた。

「ほめてんの？」

二人は、同じリズムで頷いた。

「だって、遊佐さんが二人いたら、収拾つきませんよ」

「ほめてんだろうな？」

遊佐もやってきて、ツインズの肩を後ろから両腕で抱えた。

「もちろんです」

陽次は、遊佐の手から肩をはずそうと体を揺すりながら、そう答える。

「遊佐さんは、それでばっちりです」

太一は、さっさと遊佐の腕をすり抜け、さりげなく祐介のテリトリーに入ってきた。こならもう安心というように。

「二人は、それだから最高の組み合わせですよ」

「そりゃどうも」

祐介は、わざとらしく頭を下げる。

「東日本も、インカレも、青翔旋風巻き起こしましょう」

陽次が、夢見るようなうっとりした目つきでそう言った。

「そうだな」

祐介は、今度は真摯に頷いた。

「水嶋にも、リベンジしてくださいよ」

「ああ」

口元は笑っていたが、その目には少しの笑いも含まず、遊佐が頷く。

絶対にもう一度。

その決心は、祐介にはもちろん、きっとツインズにも伝わったはずだ。


春のリーグ戦が終わり、久しぶりに梓と二人で出かけた。

まず、梓の希望で渋谷に行って、ファッションビルで梓が洋服を選んでいるのを、照れと闘いながら眺めていた。

「どうかな？　似合うかな？」

たまに梓に尋ねられても、いいんじゃない？　としか答えられない。

女子の洋服のことなどまるでわからない。それに、梓が着れば、どんな洋服も可愛く見えてしまう。

親バカならぬ、彼氏バカ？

かといって、もし正直にユニフォーム姿が一番好きだけど、などと言おうものなら絶対に唇をとがらせてしまうはず。

梓もそれはわかっているので、祐介の意見を聞くことにほとんど意味はないらしい。例えば、先に着たやつのほうがよかったかな、などとたまに答えても、にっこり笑って自分の気に入ったほうを選んでいく。

何度かいったりきたりを繰り返した後で、梓はお気に入りの服を数着購入した。

本当はプレゼントしてあげたかったが、バドばかりでバイトもままならぬ身ではできないことだった。気恥ずかしいガーリーな紙袋は、それでも祐介がすすんで持った。

「お腹すいたね」

ファッションビルを出て、平日なりの人混みを眺めながら梓が微笑んだ。

「ああ」

「何、食べる？」

本当は、せめて少しお洒落な店でイタリアンでもご馳走するべきなのだろうが、祐介はそんな店は一軒も知らない。というか、カジュアルな店も知らない。寮の近辺にあるラーメン屋と居酒屋、どこにでもあるチェーン店のカフェぐらいなら案内できるが。

黙っている祐介を見上げ、梓は笑った。そして助け船を出してくれた。

「骨董通りのほうに、この間雑誌で紹介していたイタリアンの店があるんだけど、行ってみない？　ランチだとリーズナブルだから」

祐介は、深々とおじぎをした。

そうやって、祐介の事情も性格も知り尽くしている梓の、何から何まで行き届いた気遣いに敬意を表した。

女子が好きそうな、ゴージャスさと可愛らしさを併せ持ったお店で、二人でチーズ入りオムライスを食べた。オムライスってイタリアンなのか、とも思ったが、とても美味しかった。

ふとどういうわけか、実家が洋食屋で、今はそこを手伝いながら料理の勉強をしている榊を思い出した。

「榊って湊の後輩なんだけど、そこの家も洋食屋で、オムライスがうまいんだ。今度、一緒に行かないか？」

「やっとだ」

梓がにっこり笑う。

「何が？」

「いつ、海晴亭に誘ってくれるのかずっと待ってた」

「海晴亭、知ってるの？」

「太一も陽次も、よくその店の話してくれるから。オムライスも美味しいけど、ハンバーグ定食は最高だって。早教大の水嶋くんもよく来るんだってね。湊ってホント、卒業しても仲いいよね」

「ああ」

そういえば、ツインズは梓と夕メだと、今さら気がついた。そして、梓だけをいつも後輩の枠から外して考えている自分にも。

「仲間に冷やかされると思うと恥ずかしくて。でもマジうまいから」

梓にも食べさせてやりたい。あの店の温かさも一緒に。

榊のくったくのない笑顔、親父さん、おふくろさんの我が子に向けるような温かな眼差し。

「次の大会が終わったら、連れていって」

「じゃあ、あずがベスト8に入ったらな」

「祐ちゃん、超、上から目線だし」

「あの店は仲間のたまり場だから、覚悟がいるんだ。俺の覚悟に見合う成績をあずに望むのは当然だろ？」

「ふうん、じゃあ、私、決勝に行くよ。そしたら絶対だよ」

「いいけど、すごい意気込みだな」

「まあね。だからそっちもそれくらいの覚悟しておいてよ」

「わかった」

強くなったとはいえ、梓の今の実力で、決勝はかなり厳しい望みだ。それを口にする勇気が、今の梓にはあるのだと思うと、祐介は本当に嬉しかった。

この一年、梓が一番成長したなと感じるのは、こういう志の高さだ。自分に課す目標の高さは、それを手に入れる努力を厭わない気持ちの表れだから。

遊佐の、厳しいリハビリに立ち向かう姿と、何度挫折しても諦めない気持ちの強さは、梓も含め、チームメイトにたくさんの刺激を与えたようだ。

「今からどうする？」

「そうだな。もしよかったら横浜に行かないか？　そこなら、少しは案内できるから」

「素敵。祐ちゃん、彼氏みたい」

「ちゃかすなら、帰るぞ」

「ごめん。だってデートっぽいの久しぶりだから。テンション上がっちゃって」

祐介も同じだった。ただ肩を並べて歩いているだけで、体が宙に舞いあがっていきそうな気分だった。

「じゃあ、とりあえず横浜に移動するか」

二人は、渋谷から横浜の中華街に移動した。ランチを食べてきたので、中華街で食事はしなかったけれど、梓はココナッツミルクのジュースを買って飲んでいた。

中華街の独特の雰囲気を楽しんだ後で、元町でウインドウショッピングをし、坂道を上って山手を散歩した。デートスポットの定番、港の見える丘公園は、知らずに来たのだが、ちょうどその季節だったようで満開のバラの花が咲き誇っていた。甘い香りが柔らかな風にのってむせかえるようだ。

梓は、見たことのない乙女テンション。

「一緒に記念写真、撮ってもらおうよ」

「いいよ。俺は」

いくらなんでも無理だ。俺にバラの花は似合わないだろう？　直接口にはできないが、わざと顔をしかめて訴えてみる。

「たまにはいいじゃない」

梓は、いつになく強引だ。

押し問答を続けていると、よかったら撮りましょうか？　と女の子が声をかけてくれた。

「ありがとうございます」

梓が、さっそく自分のスマートフォンをその人に渡そうとして、祐介は慌ててその手を止めた。

含み笑いをするその女子は、横浜湊のバド部の元マネージャー、櫻井花だった。

「先輩、デートですか？」

「さ、櫻井、お前、なんでここに？」

声が裏返った祐介に笑みを浮かべながら、櫻井は、少し離れた場所で背中を向けている水嶋を指差した。

「そっちもデートか」

「練習や大会がない日は限られてますからね。横浜がテリトリーなのは先輩と同じです。ここのバラ園が満開だってネットで調べて、無理やり引っ張ってきたんです。亮くん、花なんて興味がないんですけど」

櫻井は、少し寂しそうだった。そのせいなのか、祐介は、花がバラのことなのか櫻井花自身のことなのかわからず、返答に困った。

櫻井は、そんな祐介より梓が気になるのか、視線は梓と祐介をいったりきたりしていた。

「ちゃんと紹介するから、あいつ、呼んできて」

祐介は、水嶋の背中に視線を向けた。

櫻井は、軽いフットワークで水嶋に駆け寄っていく。

どういうやりとりがあったのかわからないが、櫻井は、水嶋の扱いに長けているようで、ちゃんと水嶋を祐介たちのところまで連れてきた。

「ども」

水嶋は頭を下げた。

「おう」

祐介は、軽く顎を引く。

「先輩、じゃあ、ご紹介下さい」

嬉しそうな櫻井とは対照的に、水嶋は、気の毒そうな表情を祐介に向けている。

祐介は覚悟を決め、小さな深呼吸をした。

「三上梓、青翔大学の二年、バド部の仲間だ」

「で？　それだけで終わりじゃないですよね」

それくらいでいいじゃないか、と水嶋が好奇心に満ちた視線を梓に向ける櫻井に忠告した。だけど、女子にそんな忠告は無駄だ、というか煽るだけだ。

「幼馴染みで、今は祐ちゃんの彼女です。これからもずっとそうだといいけど」

梓が、空気を読んだのか読まなかったのか、勝手に自己紹介した。

「私は櫻井花。水嶋くんとは横浜湊で同級生だったの。今は、友だち以上恋人未満かな」

「えっ、どう見ても彼女でしょう？　すごくお似合いだもの」

「さあ？　亮くんに、つき合ってとか好きだとか言われたことないから」

インターハイで優勝をもぎとった後、水嶋は櫻井に向けて拳を高く掲げた。

みんなは、それを水嶋の告白だと感じた。

事実、その後二人の関係は進んだようだし、大学に進んでからも、定期的に会っていると聞いていたから、てっきりちゃんとつき合っているものだ、と祐介は思っていた。

もし、あれだけで想いが伝わったと思っているのなら、水嶋、それはまずい。

「どうなの、水嶋くん？」

梓がつめ寄る。

何とかしてください、と水嶋の目が祐介に訴えていた。しかし、すぐには助けてやれない。祐介は、口を挟むタイミングを見計らっていた。

「私も聞きたいな。どうなの？」

櫻井は笑っていたが、結構マジな様子に見える。

さっきの花は、やっぱりバラじゃなくて、櫻井花っていう意味かも。

水嶋はバラに阻まれ、逃げ場もない。コートの水嶋とは別人のように気弱な様子で視線を泳がせている。

「そういうことは、ここでは」

背水の陣で、水嶋がやっと答えたのがそれだった。

ようやく、祐介は助け船を出した。

「水嶋、お前が櫻井を大切に想っていることは、俺も仲間も、櫻井だって、ちゃんと知ってる。だろ？」

祐介は櫻井花を見つめる。

櫻井は、頬を染め頷く。

「だから、俺たちはもう行くから、後で櫻井にちゃんと伝えろ。伝えた言葉が、ずっとお互いの支えになることだってある」

祐介の実体験に基づいた言葉に、水嶋は案外素直に頷いた。とりあえずこの場面を切り抜けるにはそれが一番だと判断したのだろう。

祐介は梓を促し、その場を先に立ち去ることにした。

梓は、それでも、櫻井にツーショットの写真を頼むことだけは忘れなかった。とことん追いつめられた水嶋に比べれば、写真一枚撮るぐらいいましだと思い、祐介はバラに囲まれ笑顔で写真に収まった。

その後、連絡がとれたので、祐介の実家に戻り、母親も交えて三人で少し早めの夕食をとった。

男子寮からさほど遠くない場所にある女子寮の玄関まで梓を送ってから、部屋に戻った。そこには、逃げ場を失った時の水嶋より腑抜けた顔の遊佐がいた。どうやら、里佳さんと楽しい時間を過ごせたようだ。

互いの休日については触れず、二人は、リーグ戦の録画映像を見ながら、今後の課題を話し合った。

日課にしている教職試験の勉強を終え、眠る前にＬＩＮＥをチェックしたら、梓からの定期便と、櫻井花からのものがあった。

ちゃんと、一生の宝物になる言葉、贈ってもらいました。

亮くん、花にも興味があって、大好きだったみたいです（笑）。

先輩、ありがとう。今日だけじゃなくて今までも。これからも亮くんともどもよろしくお願いします。

それから、素敵な彼女ですね。

ずっと先輩が他の女子に興味がなかった理由がわかりました。バラより港からの風景より、お二人の仲の良い姿が、今日一番のベストショットでしたよ。

第六章　苦しみの向こうに待つもの

昨年、水嶋が世界の舞台に躍り出たジャパンオープンが、九月の終わりに開催された。

遊佐と祐介は、ダブルスで、世界のその舞台に臨んだ。

予選を突破しトーナメントも順調に勝ち上がっていったが、目標の決勝には及ばず、祐介たちは準々決勝で敗退した。

相手は世界ランク3位の中国ペア。かなりの格上だったが、それにしても、無様なほどまったく歯がたたなかった。

最後の1点まで必死にくらいついたが、終始相手に翻弄され、一矢も報えなかった。

しかし、そこまでの戦いは悪くなかった。

格上の社会人ペアを撃破したし、昨年のオリンピックにも出場していた世界ランカーにも、ファイナルを26－24で凌ぎ勝利をもぎとった。

ある段階で、壁は突然高くなる。足の置き所さえわからないほど。

それが身に沁みた大会だったが、落ち込むことなく、次につなげられるメンタルができてきたことが、何よりの収穫だったかもしれない。

ちなみに水嶋は、シングルスで、注目を浴びながら決勝まで進み、昨年と同じ相手にファイナルまで追いすがったものの惜しくも敗れた。調子はそれほどよくないようだったが、それでもゲームを通して調子を上げ、本番でのメンタルの強さを見せつけた。

世界を相手に踏ん張れるようになったが、てっぺんを取る勝利にはつながらない。そこから、どうやってさらに成長するのか、今の祐介たちには見守ることしかできない。自分たちにその余裕もないし、何より水嶋は、自分の力で上り続けると決心したのだから。

「結局、問題は俺だな」

敗戦直後、遊佐は祐介にそう言った。

「ダブルスのスピード感に、このレベルになるとついていけない」

「それは俺も同じだ」

「いや、あきらかに違う。だから、相手も中盤から俺だけを狙い撃ちだった」

確かに、ついていけないレベルに若干の違いはある。

もともと遊佐は、シングルスに主軸を置いていた選手だ。

しかも、遊佐がリハビリに必死になっていた時間、祐介は水嶋と全日本のトーナメントを駆け上がり、それ以外にも遠田さんとのダブルスで、経験を積み重ねていた。

経験がわずかな余裕を生み出しているのかもしれない。

「それで？」

「できるまで、やるしかない」

二人同時に、少し右上に視線を向ける。

もっともっと厳しい場所に身を置くことでしか、つかみとれないものがある。

苦しみの向こうにしか、喜びは待っていてくれない。

祐介の脳裏には、海老原先生が、腕組みしながら大きく頷く姿が浮かんでいた。

ついでに、喜多嶋監督の不気味な笑みも。そういえば、あれから三日ほどで監督の寝違えによる首の痛みは消え、青翔大学の体育館で、皆で監督を胴上げをした。なので、今は監督の笑顔も元の大らかなものに戻っている。けれど、どうにもチームの皆もあの不気味な笑顔をたびたび思い出すらしい。

「だから、頼むな」

遊佐が少し照れたように笑う。

「何を？　俺だって必死だ。お前にしてやれることなんか何もない」

「見捨てるなってことだよ」

「バッカじゃないの」

「怪我がなくても、俺は、結局お前とのコートを選んだだろう、って最近よく思う」

遊佐は、今度はニコリともしない。

ドキッとした。

「なわけないだろう」

遊佐は、自分の行く道を明確にしていない。

インカレがその舞台になるはずだ。実際、遊佐は、インカレでは団体戦以外に個人戦もシングルス、ダブルスの両方にエントリーしていた。

水嶋と直接対決し、結論を出すつもりだということは、祐介だけでなく仲間はみんな察している。

だから、今回の大会でシングルスにエントリーしなかったのも、体力の不安を考え、少しでも勝ち抜いて世界相手の経験を積むための、ベターな選択だったはず。

なのに、今の言葉の意味は何？

いや、曖昧な状況でグルグル考えをめぐらせるのはやめよう。

今はその時じゃない。

インカレまで、遊佐が道を決めるまで、俺はあいつを支え続ける。そう決めたはずだ。

祐介は、ただ首を横に振った。

「いや、改めて感じた。技術も体力も経験も、すべてを凌駕するものがお前とのコートにはある」

照れくさかったけれど、ちゃかす気にはなれなかった。戸惑いを隠しながら黙ったまま何度か頷く。

ただ、あくまでも、今のダブルスのコートではということだ、と自分に言い聞かせながら。

「ずっと知っていたけれど、再確認したってことかな」

具体的なこと、それが何かは訊かなかった。

恋人より家族より、誰より長い時間ずっとそばにいて、同じものを分かち合い、志を重ねてきた。

そこから生まれるものは、きっと、……信頼。そんな二文字が頭に浮かんだけれど。

翌日から、トレーニングの質と量を、喜多嶋監督とコーチに相談してより厳しいものに大幅に変更した。

めったに弱音を吐かない遊佐も、やばい、きつい、泣きそう、と何度か寮のベッドでうなっていた。

祐介も同じだ。

鍛え上げていたはずの筋肉の、どこの隙間をぬってこの痛みはやってくるのか、二人で首を捻りながら互いのマッサージに励んだ。

努力が実を結ぶ瞬間なんて、そう簡単に味わうことはできない。

先の見えない苛立ちに苛まれ、この苦しみの向こうに本当に希望があるのか、と何度も思った。

だけど、どれほど厳しい場所に追い込まれても、高みを望み続ける遊佐の志に寄り添い、競い合うように祐介は走り続けた。

一人では、挫けていたかもしれない。

やはり、遊佐は天才だ。今になって改めてそう思う。

技術や閃きもそうだが、努力を効率的に消化することに長けていて、目標を定めたら、そこへたどり着く最短距離を見つけ出す嗅覚がある。

祐介は、言葉は悪いが、その嗅覚に便乗した。

復帰のスタートラインについたばかりとはいえ、確実に前に進む遊佐のおかげで、ともに走る自分も、進むべき方向をちゃんと見つめられている。

その実感を、苦しみと痛みの中で、少しずつ祐介は手に入れていた。

だけど、どれほど感心しても、照れるような言葉や感謝の気持ちは、遊佐には伝えない。今はまだ、ストイックに努力を重ねて欲しいから。

決して、遊佐を上から見ているわけじゃない。単なる役割分担だ。

いつも、祐介が遊佐のメンタルを支え、コントロールするという意味でもない。

この時期、この状況では、それが祐介の役割だと思っている。

ゲーム中、状況に応じて二人のローテーションが必要なように、状況が変われば、遊佐が祐介のメンタルをリードすることもあるだろう。

そうやって支え合う。

コートでも、祐介たちの場合はコート外でも。

それが、自分たちのダブルスだ。その質は変わらない。変えちゃいけない。

……なんだかな。

自分に説教したり訓示を垂れたり、そんな回数が増えた。

改めて、自分にこんなふうに言い聞かせなきゃいけないこと自体、追い込まれている証(あかし)

かもしれない。

俺は、こんな不安定なメンタルを抱えたまま、いつまで走り続けるのだろう？

文字通り、朝のランニングに出て、そんなことを思う。

祐介は、もやもやを吹っ切るようにギアを上げた。

隣で遊佐もギアを上げる。

二人のリズムがピッタリ重なる。それが妙に切なかった。

全日本学生選手権、通称インカレで、青翔大学は首都体大を破り二年ぶりの団体優勝に輝いた。

遊佐も祐介も、気力と体力を振り絞り、コートでシャトルを追った。

決して順風満帆ではなかった。

決勝戦、本来なら確実な一勝をもたらしてくれるツインズが、ほぼ勝利を手中にしながら、珍しく太一のアクシデントで、その試合を落としたからだ。

遊佐は、明日からの個人戦を考慮し、シングルスのオーダーから外されていた。

結果、祐介が因縁の三沢からもぎとったリベンジの一勝と、遊佐とのダブルスでの二勝目を手に、最後は山崎さんが、勝負のコートに立つことになった。

遊佐のおかげで、なんとか第二ダブルスをものにし、汗で重くなったユニフォームの着替えを終えベンチに座った時には、祐介は、正直、疲労困憊（こんぱい）だった。

しかし、これを凌げたのは、遊佐が復帰してからの厳しいトレーニングの賜物だということも実感していた。

「お疲れ」

遊佐が、そっと肩を叩いてくれた。

「うん。お前も」

「望みをつないだ」

祐介は頷く。

「ここで負けたら、太一が落ち込むからな」

「後は、主将を信じるだけだ」

「ああ」

しばらくすると、祐介たちの背後から回り込むように太一と陽次がやってきた。

足の手当てが終わったようだ。

「大丈夫か？」

「軽い捻挫でした。二、三日で痛みはとれるそうです。ご心配かけました」

なぜか怪我をした本人より落ち込んでいる陽次の背中をさすりながら、太一が答えた。

このシチュエーションは、横浜湊の時代から、何度も目にしている。

双子なのに、少し早く生まれたというだけで、太一が陽次をかばうように兄の役割をしていることに、祐介は感心する。

「そうか。よかったな」

　一瞬の間の後、陽次が涙ぐんだ。

「すみません。俺たちのせいで」

「バカじゃねえ?」

　遊佐が眉間にしわを寄せる。

「そういう言い方するなよ。陽次はナイーブなんだから」

「こいつ、だって、こういうところ全然成長しないから。怪我をした太一がしゃんとしてるのにさ。バドだけうまくなってもダメだって何べんも言ってるだろう」

　それは、まあそうだ。祐介もそう思う。

　太一だって、やれやれって感じで顔をしかめている。

　祐介は、陽次の背に手を当て、こう言った。

「俺たちはチームだ。お前たちのアクシデントをさらりとのみこんで、それでも勝利をもぎとる。それができなければ、チームである意味がない」

　陽次はユニフォームで涙を拭いながら頷く。

「遊佐なんて、あんなにチームに迷惑かけたのに。見ろよ、今もこうして当たり前のようにベンチの真ん中に座ってる。けどな、こいつだって、きっと尻尾があれば股に挟み込んでるはずだ」

「あん?」と遊佐が、祐介を睨む。

「そうですよね」と太一が笑う。

チームに迷惑をかけたことを、遊佐が人一倍気にしていて、だからこそそんな素振りはみじんも見せず、コートで結果を出すことに必死なことを、祐介と同じように太一は理解しているようだ。

「けどな、強がってるだけがいいってわけじゃないんだ」

「どういう意味ですか？」

祐介は、試合前の基礎打ちを続けている山崎さんに視線を向けた。

「山崎さんを見てみなよ。今日の闘志は半端じゃない。お前たちの分も頑張るって、やる気がわかりやすく現れてるだろ？　素直に落ち込んでるお前のために、いや、お前のおかげであんなふうに頑張れるんだ」

「あの人は、主将だからな」

遊佐が短く言った。

自分のためよりチームのために、というシチュエーションのほうが頑張れる。

そういう人を、チームはいつもリーダーに選び、選ばれたリーダーはそれに応える。

「監督も遠田さんも、迷わずバトンを山崎さんに渡した。こういうせっぱつまった時に頑張れる人だって、わかっていたからだ」

「始まるぞ。まだメソメソすんなら、バックヤードに行け。ここは、そういう場所じゃない」

「応援します。一緒に、精一杯」

ツインズは、声を揃え、山崎さんに気合いの声を送る。

ベンチの応援に応えるよう、山崎さんは、雄叫びをあげた。

何度も何度も、ベンチとコートで気合いの声が行き交う。

そのおかげなのか、ファイナルにもつれこむも、土壇場で、山崎さんはこの一年で一番のパフォーマンスを見せ、最後の一勝をもぎとった。

歓喜の中で、何度もガッツポーズが繰り返される。

敗れた首都体大のメンバーも、最後まで死力を尽くし戦ったチームメイトを、温かく拍手で迎えその健闘を労（ねぎら）っていた。

それを、複雑な表情で、肩を並べて見ている水嶋と岬の姿があった。

昨年の覇者早教大は、決勝の舞台に上がってこられなかった。さぞかし、悔しいことだろう。

しかし、そんなことにまで気持ちを向ける余裕は、今の祐介にはない。

明日から、すぐに個人戦が始まる。

会場では、団体優勝の喧騒の後、先に個人戦の練習に入っている選手がそれぞれのコートでシャトルを打っている。

祐介は、まばらになった応援席から、一人でその光景を眺めていた。

遊佐は、記念写真の後、すぐに姿を消していた。おそらく、汗まみれの自分が嫌で、シャワーを使いに行ったのだろう。

勝負の後の、この一瞬の静けさが祐介は好きだ。

短い間だとしても、勝敗や行く道の険しさとは関係なく、無心にシャトルを追う他の誰かの姿を見つめていると、ホッとする。

そこへ、思いがけない訪問者がやってきた。

「横川さん、ちょっといいですか？」

「えっ」

ふいに声をかけられ、ビクッとして振り向く。

早教大の岬省吾だった。さっきまで一緒にいた水嶋の姿は見あたらない。

「俺、ダブルスでも、もっと強くなりたいんです」

いきなりそう言った岬は、驚くほど真剣な眼差しだった。

しかし、水嶋抜きに岬と親しく話したこともない祐介は、当然こう言った。

「何で、それを今、俺に？」

「横川さんのダブルスが、俺にとって理想で、憧れだから」

「へえ」

「遊佐さんとのダブルスはもちろん凄いけど、水嶋との去年の全日本のダブルス、俺は、全部見て、そして自分の不甲斐(ふがい)なさに何度も泣きそうになりました」

「そう」

「水嶋をあんなふうに躍動させられるパートナーに、自分もなれるよう努力しようって思いました。だけど、この大会でも空回りして、俺たちのダブルスは足踏みどころか、後退するばかりで」

この大会、祐介は、シングルス、ダブルスとフル出場だったので、水嶋と岬のダブルスは一度しか見る機会がなかった。しかし、かろうじて勝利をもぎとっていたにもかかわらず、確かに、二人にはまったく怖さがなかった。

いつでも叩ける、遊佐はそんなふうに表現していた。

岬と水嶋は、シングルスの試合ではそれぞれにとても凄味がある。世界に羽ばたこうとしている水嶋だけじゃなく、岬も確実に進化している。

事実、このインカレ団体戦でも、二人のシングルスは負けなしだった。

互いの試合の応援に必死になっている姿も印象に残っているし、基礎打ちはいつも二人でやっている。それにコート外でもよく一緒にいて、いい関係なのは間違いない。

俺の問題です。水嶋はそう言っていたが、つまり、こいつの問題でもあるわけだ。

祐介は、ため息をついた。

敵に塩を送るのか？　この先、戦いは続くのに。

まあけど、送ってやってもいいかもしれない。ライバルは多いほうが、自分たちも強くなれる。こいつらに強くなられたら少々やっかいだ。それぐらいがちょうどいいのかもしれない。

「お前たちのコートには、信頼がない」

二人のダブルスを見ていて感じたことを素直に伝えた。

「俺は、水嶋を信頼しています。あいつの凄さをわかっているつもりです」

ふうん。祐介は岬の目を覗き込んだ。

高校時代、対戦相手として見ていた岬は、自尊心の塊だった。そんな岬が、それを削ってでもつかみたいものが、どうやら、水嶋とのダブルスのコートにあるらしい。

「信頼は、崇拝したり、遠慮し合ったりすることじゃない」

「えっ」

岬は、戸惑い気味に目を細め、首を傾げている。

自分の、自分たちのプレーのどこについて祐介がそう言っているのか、思い返しているのかもしれない。

「お前たちは、お互いの実力を認めている。シングルスで向き合えば、全身全霊で相手を叩きのめそうとするだろう？」

岬は頷く。

実際、チームの中で岬だけには、練習でも何度もゲームをとられてしまうと、水嶋本人が言っていたことがある。

世界の強者相手に渡り合える水嶋だが、身近なチームメイトにそんなに競ることができる存在があることが、ありがたいとも言っていた。

「なら、ダブルスの、同じコートに立っていてもそうしろ。水嶋を活かしたい？　なら、お前がまず活きろ。お互いが活きようとするぶつかり合いのその先に、本当の信頼がある」

「はい」

岬は、自分なりにヒントをつかんだのか、すっきりした笑みを浮かべる。

祐介も笑みを浮かべた。だけどそれだけじゃだめなんだ、と心の中で呟きながら。

ヒントをつかんだら、考えて、考えて、考え抜く。それが大切だ。

いつまで？　コートに立ち続ける限りずっと。

偉そうな口をきいたが、実際、本当の信頼なんて、祐介たちだって手に入れていないのかもしれない。

コートの中に正解があるかどうかもわからないのに、ずっとそれを求め、考え続けている、というのが実態かもしれない。

けれど、その継続にこそ意味がある、と祐介は思っている。

ただし、そこまでは教えてやらない。自分で感じとらなければ意味がないから。

まあ、少しぐらいは励ましてやるけどね。

「水嶋は、あれで、結構ヘタレだ」

「はい？」

「未だに、昔の相手に未練タラタラなんだ」

しばらく首を傾げていた岬が、声をあげて笑った。

「榊、ですね」

榊は、コートを離れた今も、水嶋の戦う気持ちを支え続けている。コートでともに培った信頼が、二人を今もつないでいる。しかし絆は、たった一人としか結べない、なんて決まりはないはず。

「あの男を超えていけ。いや、お前がすでに榊を超えていることを見せつけてやれ。そうすれば未練も断ち切れるはず」

新しい絆が結べるはず。

「手強いですけどね。もはや偶像化してますから」

「まあ、頑張れ。この借りはどっかで返してもらうからな」

「はい。いつかきっと、コートの外で」

なんだ、ちゃっかりしてるな。コートの中で返してくれたって、ちっとも構わないのに。

ちょうどそこへ、汗を流してきたのか、さっぱりした顔で遊佐がやってきた。

「岬、俺に無断で相方になんの用事だ」

挨拶もなしに、いきなりけんか腰かよ。

遊佐のマジで険しい表情に、祐介は苦笑した。岬は、深々と遊佐に頭を下げてから、祐介に笑みを向けた。

「そっちはぞっこんですね」

「まあね」

祐介と岬は笑い合い、遊佐だけが変わらず顔をしかめていた。


個人戦が始まった。

遊佐は順調に勝ち上がり、シングルス準決勝へ。水嶋も第一シードらしく、危なげなく同じ場所へ。

遊佐対水嶋、復帰戦以来の対戦になった。

祐介は、ベンチではなくコートのすぐそばの応援席で、ツインズたちと肩を並べてその戦いを見守った。

遊佐が、そう望んだからだ。

ただ、見守って欲しいと。

相性が悪いと、公式戦では高校時代から決して身につけなかった黄色のユニフォーム。遠田さんがお前のジンクスなんか知らねえから、と卒業の置き土産に残していったその黄色のユニフォームを着て、コートに立つ遊佐。それだけで、遊佐の決意のほどが祐介に伝わってくる。

「どうですかね？」

「うん」

陽次の不安と期待が入り交じった声に、祐介は、腕を組みながらただ頷いた。

「なんか、遊佐さん、いけそうな気がするんですよね」

確かに、この大会、何が原因かは知らないが、水嶋はそれほど好調ではない。ここまでストレートで勝ち上がってきているが、いつもの躍動感に若干の陰りがある。

一方遊佐は、文句なく絶好調といえるコンディションで、余裕をもって勝ち上がってきていた。

インカレに、インカレのシングルスに照準を合わせてきた遊佐の、真の力が試される試合が今から始まる。

「そうだな。どちらにしても、前回のようにあっさりとはいかないはずだ。もつれると思うよ」

ラブオール、プレー。主審の声とともに祐介は拳を握った。

ファーストゲームは、ここにきてまだ調子の出ない水嶋の自滅ともいえるゲーム運びであっさり遊佐がとり、セカンドゲームは、目つきの変わった水嶋が、22－24と、最後は執念でつかみとった。

ファイナルは、調子が悪くても未だ自らの体力に不安があっても、それを凌ぐ術を知っている者同士、拮抗したゲームになった。

調子の悪かった水嶋も、皮肉なことに、遊佐の一貫した勇猛果敢、かつ華麗なプレーに、刺激されるように、どんどん動きがよくなってきていた。

「本当に、遊佐さんは凄い。いつも期待以上の成果を見せてくれる」

太一は、興奮した面持ちでそう言った。

「最後の最後に、二人のあの動き、やっぱり凄すぎる」

陽次は、遊佐と水嶋の戦う姿勢はもちろん、その気持ちにちゃんと応えることができる二人の体の動き、足を止めずにいられるタフさにも感心していた。

太一も陽次も、ただの傍観者じゃない。

仲間でありライバルであり、何より、今、目の前で繰り広げられているすべてを自分たちの中に取り込もうとする貪欲な挑戦者だ。祐介もツインズと一緒に、遊佐にも水嶋にも、感嘆の声を何度もあげた。

「マジ、凄いな」

「本当に、凄いです」

背後から、懐かしい声がかかった。

「お前ら遅いんだよ。もっと早く来いよ」

陽次がそう言いながら自分と太一のバッグを退けて、元横浜湊のチームメイト松田航輝と内田輝の席を作った。

「ごめん、さっきまで応援に来てくれたチームメイトと一緒で」

慶愛（けいあい）大に進学し一度はバドミントンと距離を置いていた松田も、インカレ、個人戦シングルスに出場していた。

ベスト8で散ったが、そのプレーは確実に成長していた。松田の頑張りがチームを引っ張り、慶愛大は、リーグ戦でも、五部から三部に上がってきている。

「お前もマジ凄いよ」

祐介の言葉に、松田は照れたように頭を下げる。

「すみません、僕は、学連の仕事があって」

そういえば輝は、今春から学連の仕事を引き受けている。面倒で大変な仕事だ。今回のインカレは関東学生連盟の担当だから、なおさら忙しいことだろう。

ちなみに、輝も個人戦シングルスに出場し、二回戦で水嶋との対戦を果たしている。遊佐は、なんで俺じゃないんだと残念そうだったが。

いろんな場所で立場で、それぞれが今もバドにかかわっていること、バドを愛していること、仲間だったり、ライバルだったり、そういう関係がなんだか嬉しいし安心する。

11点のインターバルを遊佐がとり、すぐに水嶋が追いつく。

17オールからのラリーでは、そのレベルの高さに、会場が静まり返った。

すげえ。陽次が囁くように言いながら、首を横に振った。

太一は、何度もため息をつく。

松田や輝は、拳を握りながら、一心不乱にコートを見つめている。

桁違いの才能がここにある。

俺たちは、今、凄いものを見ている。

胸に、いや全身に飛び込んでくる、熱く燃えるような感触は、見ている者すべてに共通していたはずだ。

27－25。

遊佐が、汗まみれの勝負を、雄叫びとともにもぎとった。

瞬間、割れるような拍手と歓声が、遊佐だけでなく水嶋にも送られた。

祐介は、約束通り、インターバルにも歩み寄らず応援席からの応援に徹した。

ベンチにいた喜多嶋監督は、試合の途中から涙目になっていた。

「あんな凄いゲームを間近で見られて、本当に幸せだ」

そう後で言っていたが、遊佐には、「アドバイスの一つもくれないなら、せめてうちわで扇ぐぐらいはして欲しかった」と嫌味を言われていた。

「勝ちましたね」

陽次が上気した顔でそう言った。

「遊佐さん、いよいよ、シングルス復活ですね」

太一も、自分のことのように喜んでいる。

「そうだな」

「あの二人と同じ土俵に立ててるだけでも誇らしい」

松田が誰にともなく呟き、輝は穏やかな笑みで拍手を続けていた。

そんな中、祐介はなんとか笑みを浮かべられていただろうか？　自分では自信がない。

あれほど望み、支え続けた遊佐の本格的なシングルスへの復帰。

なのに、これほど胸が痛いのは、切ないのはなぜだ？

取り残されるだろう自分が可哀想だから？

だとしたら、最低だ。

祐介は、自分の中にある弱くて醜いものを今すぐ消し去りたかった。だけど、それは祐介の中でどんどん膨れ上がり、自分自身が驚くほど自らの胸を抉った。

決勝戦は、あっけないほどの圧勝で遊佐がもぎとった。あの水嶋の連勝を止めた遊佐のオーラに、戦う前から相手は負けていたのかもしれない。


一方、ダブルスの決勝は、足の故障をおして出場したツインズとの同校対決になった。

高校時代の県大会では毎度のことだったが、大学に入ってからの公式戦では初めてだった。それだけ、ツインズが力をつけてきた証拠だともいえる。

観覧席には、シングルス戦と同じように元横浜湊のメンバーが顔を揃えている。今日は試合のない水嶋も一緒だ。岬の姿は見えない。元の仲間たちに遠慮したのかもしれないが、そこを平然と隣に陣取るぐらいにならないと。

まだまだだな。祐介は、そこにはいない岬に心の中でそっとエールを送る。

「どうせ、ツインズの応援に励むんだろうな」

遊佐が、その一角を見つめて笑う。

「間違いないね」

「まあいい。それでも、そんな応援がむなしくなるほど叩きのめせばいいだけさ」

「けど、あの頃よりずっと手強いぞ」

戦う前から、コートに入ったツインズを見ただけで、それは実感できた。それぞれの技とパワーが充実してきたこともあるが、何より二人の気概が違う。

二人の勝利への執念と、ダブルスへの自負心は半端じゃない。

ツインズの気合いに圧(お)されるように、最初のインターバルをとられた。

「せっかく水嶋をやっつけたのにやっかいだな。空気読めってんだよ」

「それはあいつらの、もっとも不得意分野だから」

「どっちを叩けばいいってもんでもないからな。あいつらの場合」

「基本に忠実にやるしかない」

じっくり忍耐強くリズムを崩す。

「だな。この試合には絶対に負けられない」

深い決意の響き。

決めたんだな。遊佐は、自分の行く道を。

「なら、勝つさ」

胸の中のざわめきを宥めるように、祐介はそう言った。

「おう」

遊佐は、珍しいほどきっぱりした視線を祐介に向け、ラケットでそっと祐介の臀部(でんぶ)を二度叩いた。

団体戦の後、岬省吾に自らが語った言葉が脳裏をよぎる。

相手を活かしたいのなら、自分がまず活きろ。

どんな道を歩むとしても、まず、自分自身の足元が肝心だ。自分に勝つことからすべてが始まる。

コートは、悩む場所じゃない。戦う場所だ。

祐介は雑念を払うため気合いの声をあげ、コートの熱気に飛び込んでいった。

ファーストゲームをとり、セカンドゲームのインターバルをとった。

「ちょっと足にきてっかなあ」

遊佐が顔をしかめた。

遊佐だけがシングルス戦にも出場しているので、体力的には一番不利だ。

「痛みは？」

「ない。重いだけ」

「じゃあ、このゲームで決めよう」

「あいつらがそれを許してくれるか？　さっきから弱ってきた俺を狙い撃ちだぜ、ムカツク」

祐介は、チラッとツインズのほうを見てから、フッと笑った。

「やってくれるよな」

「百年早いってんだよ」

「ならこっちは太一にしよう。足首に痛みはもうないようだが、どうしたって不安はあるはずだ。それに、そうすると陽次がへこむ」

「了解」

遊佐はよく凌いだ。

ツインズの執拗な攻撃に耐え、攻守が逆転すると逃さず太一を狙い撃ちにした。

もちろん祐介も同じだ。

少しでもチャンスができると、太一を走りまわらせ体力をそぎ取っていった。

弱みがないなら、作り上げるまでだ。

日々の練習の成果なのか、痛めた足が利き足ではなかったおかげなのか、故障をまったく感じさせないほど太一もよく動いていた。だから弱みはそう広がりはしなかったが、ときおり、勝負を急ぐようにチラチラと姿を見せてくれた。その小さな隙間を二人は執拗に攻撃し、21－19で、ツインズを振り切った。

ネット前で握手を交わした時、陽次は恨めし気にこう言った。

「ひどいっす」

「悪かったな」

とりあえず謝った祐介を、太一が睨みつけた。

「絶対にリベンジします。それに、今度焼肉おごってもらいますからね」

「負けたお前らが、勝った俺たちにごちそうしろ」

遊佐が冷たくそう答えた。


団体戦、個人戦シングルス、ダブルスの三冠。

結局終わってみれば、今年のインカレは、一年遅れの遊佐祭りだった。

当然、青翔大学の祝勝会はいつもより盛大に行われた。地元開催だったので、ＯＢの参加も多く、二次会、三次会と、朝まで続く気配が濃厚だった。

しかし中心にいて祝われるべき遊佐は、二次会にも行かず、祐介を誘って早々と会場を後にした。

二人は、帰り道、寮のすぐ手前にある歩道橋まで、黙ったまま歩いた。

「悪かったな。梓ちゃんと一緒に、もう少しゆっくり祝いたかっただろう？」

青翔大学女子チームは準決勝で敗れたが、梓は、有言実行、個人戦で決勝まで進んだ。決勝戦で敗れ優勝は逃したものの、その躍進には惜しみない拍手が送られた。

その結果を受けて、遊佐と一緒に祝勝会の中心にいた梓には、先に帰るから、と耳打ちをしてきた。

そう言うだけで、遊佐と二人きりで大切な話があるのだと、梓ならちゃんと察してくれるはずだ。

「その代わり、明日は海晴亭でお祝いしてでね。ツインズも楽しみにしてるってさ」

梓の言葉に祐介は頷き、そっと梓の頭に手をやった。

どんな結果でも、ちゃんと、明日にはお前と笑って出かけるよ。

覚悟はできている。

「梓とは別に約束してるから大丈夫。それより、お前がそんな気を利かせるなんて気持ち悪い」

「おかげさまで、俺にも、恋愛のあれこれがわかるようになってきたんだよ」

「へえ。そういえば、里佳さんに報告したの？　お前の大活躍」

「まだだ」

「なんで？」

「お前に伝えたいことがあって。それが済んでからでないと、誰にも何も話せることがないから」

遊佐はそう言うと、少し歩調を速め駆けるように一気に歩道橋の階段を上った。慌てて、祐介もすぐ後に続く。

歩道橋の上には他に誰もいない。

二人で、六車線の広い通りをひっきりなしに通りすぎていく、光の川をしばらく眺めていた。

「で、何？　話があるんだろう？」

肩を並べたまま、視線を合わさず尋ねた。少し声が震えたかもしれない。

遊佐は、大きく深呼吸をした。

「結論から先に言う」

「ああ」

動揺を見せちゃいけない。

祐介は、つま先と腹に力を込めた。

「察してるかもしれないけど、お前と、ダブルスで世界を狙いたい。これからは、チーム戦以外はダブルスに専念する」

「えっ」

つま先に込めた力が解け、つんのめりそうになり慌てて両腕で体を支えた。

「えっ、て何だよ」

「お前、混乱してない？」

「はあ？」

「お前が専念するのはシングルスだろう？　だって、マジ勝負で水嶋にリベンジしたじゃないか」

「はん？　混乱してるのはそっちだろ？」

俺が混乱している？　そうなのか？

ここ最近の自分のメンタルに自信がない祐介は、言い返すことができない。

「お前が言ったんじゃないか。とことんやり抜いて、それから結論を出せって」

「ああ」

で、お前はちゃんとやり抜いて、シングルスで結果を出した。

「だから俺は、ただ、シングルスのコートに戻るだけじゃなく、水嶋と対等に打ち合えるまでやり抜いた。もちろん今回の水嶋の調子の悪さはわかっている。しかし、ちゃんと向き合ってつかんだ勝利だ」

「うん」

「最後の一打が、水嶋のコートに落ちた時、俺が真っ先に感じたのは……」

遊佐は、しっかり祐介の視線を捕まえてからこう続けた。

「勝利の喜びでも安堵でもなく、お前とのダブルスへの希望だった。ここまで戻ってこれれば、お前と、ダブルスのコートで堂々と渡り合える。パートナーとして胸が張れる。それだけだった」

祐介も、視線を逸らさず答えた。

「本気なんだな？」

「もちろんだ。ちゃんとあの試合を見てたんだろ？」

「そうだな」

それしか言えなかった。何か言おうとすると、よけいなものまでこぼれてしまいそうだったから。

「それに、俺、うっかりお前に先走って言ったことあるよな？」

「何を？」

「お前とのコートを選ぶ、みたいなことを」

「だけど、それは」

気持ちが高揚した時の、ちょっとしたノリみたいなものだったろう？

「復帰してすぐに決めていた。お前とのコートで最後までやり抜くって。リーグ戦も、ジャパンオープンも、インカレまでは、その資格を手に入れるための道だった」

「本当にダブルスのコートを選ぶのか？　相方は俺でいいのか？」

遊佐はシングルスでも、きっと世界を狙える。ダブルスだって、パートナーが俺である必要性があるのか？

それは、祐介の正直な実感だった。

「金メダリストの女子ダブルスの選手が言ってただろう？　パートナーとは運命の出会いだったって」

「ああ」

「今さらだけど、俺、横浜湊でお前と初めてダブルスのコートに入った時、全身で感じたんだ。俺のコートはここだ、こいつが相棒だって。あれ以上の想いを、俺はどんなコートでも感じたことがないんだ」

　だから、訊いたのか。

　運命を信じるか？　って、大会の直前に。

「俺も、あの時、全身がバカみたいに震えた」

　祐介の言葉に、遊佐は、めずらしく照れたように俯く。

　そして、諦めないで頑張ってきてよかった、と小さく呟いた。

　祐介は、今、この瞬間同じことを尋ねられても、やっぱり運命なんて信じないって答えるだろう。

　遊佐との出会いは、運命的ではあったかもしれないが、あらかじめ決められていたことだとは思わない。自らが前を向いて走り続け、バドを愛し諦めなかったからこそめぐり会えた必然だったと思いたい。

　同じようなことを感じているから、遊佐も、あの時、運命は信じないと言ったんだろう。

　ただ、二人の出会いには感謝している。

　祐介が感じているそのことを、遊佐も感じていて、それを伝えたかったのかもしれない。

「彼女たちはあの後ペアを解消したけど、栄光のその先、それを見てみたかった気もするよね」

　祐介は、運命についてのあれこれは何も言わず、そんなことを呟いた。

「それは自分たちで見ればいいんじゃない？」

遊佐らしい言葉だと思った。

俺たちは、ここから。

その道は険しく終わりが見えない。けれど、なんて心躍る道だろう。

一緒に歩き出せる。嬉しい、素直にそう思える。

「もう何度目かな？」

そう言いながら祐介は、一切の迷いを封印し右手を差し出した。

「さあな。これからも数えきれないさ、きっと」

遊佐はその手を力強く握りしめる。祐介が少し顔をしかめるほどに。

「全日本では、最低決勝には進みたい」

握手を交わした直後に、遊佐はそう言った。

当然かもしれない。そうでなければジャパンのユニフォームは着ることができない。

世界を舞台にするなら、正代表の一員として出て行くのが一番まっとうな方法だ。

しかし、それは厳しい道だ。

現在の日本チャンピオンは世界ランクも一桁で実力があり、前チャンピオンも実力は拮抗している。そのライバル同士のどちらかを、できれば両方を蹴散らして上に上っていくのは簡単なことじゃない。

いや、それを口にしただけで笑われる。今はそれが自分たちの立ち位置だ。それ以外にも、祐介たちが立ち向かうのに厳しい相手が何組もいる。

黙ったままの祐介に、遊佐は重ねてこう言った。

「やらなきゃ次のステップに進めない」

その通りだった。

「わかっている。たぶんお前以上に」

遊佐は笑った。安堵と懼（おそ）れ、どちらも隠そうとせずに。


翌日、約束通り、梓と映画を観た後、海晴亭に夕食をとるために出向いた。

海晴亭は、横浜湊の後輩、榊翔平（しょうへい）の両親の店だ。店を手伝っている榊はもちろん、ツインズや松田たち、横浜湊の元チームメイトのたまり場でもある。

その日は、梓のメールにつられてツインズが、ツインズのメールにつられて輝と松田、そして、めずらしく、遊佐と里佳さんが連れだって顔を見せた。

「なんだかな。結局どこへ行っても同じ顔ばっかだな」

遊佐が、奥の大きなテーブルを占領している湊の仲間を見て笑う。

「でも今日は、マドンナが一緒じゃないですか」

太一が、少しはにかみながら里佳さんに頭を下げる。

「いつも、亮がお世話になっています」

里佳さんも、にこやかにみんなに頭を下げた。

「そういや、水嶋くんは？」

食事を運んできた榊に、輝が尋ねる。

水嶋のことは榊に。そこは卒業後もまったく変わらないようだ。

岬のあのせつないほど生真面目な顔を思い出し、祐介は一人、頑張れよと心の中で声をかけた。

「今日は、来られないってさ」

榊はみんなの期待を裏切らず、サラッと答えた。

「なぜですか？」

「櫻井がバイトの日じゃないからだろう？　あいつは俺たちには冷たいんだ」

「いや、遊佐さんが来ると面倒だからだろう？　しかもお姉さんと一緒じゃねえ」

陽次と太一が、おそらく、適当に答えている。

「でも、遊佐さんが来ることは誰も知らなかったわけだから。体調でも悪いんでしょうか？　水嶋くんは、大きな大会の後は絶対にみんなの顔を見に来るのに」

輝は、やっぱり誰よりちゃんとしている。どんな状況でも輝を見ていると安心する。

「亮は、今日、ハナちゃんと地域のミックスダブルスの試合に行ってるのよ」

里佳さんのその言葉に、榊以外が驚きの声をいっせいにあげる。

櫻井が中学の時に足を痛めて選手を断念し、それでもバドが好きで諦めきれず、横浜湊ではマネージャーとして頑張ってくれていたことは、みんなが知っている。

「ハナちゃん、バドやって大丈夫なんすか？」

「そう激しくやらなきゃね。大学に入ってからサークルで少しずつ体を慣らしてるし、時間があれば亮も相手してるみたい」

「でも、櫻井、試合にはまだ出てないって言ってたのに」

同じ大学に進んでいる松田が首を傾げる。

「亮となら、問題ないからって」と里佳さんが微笑む。

「そうよね。水嶋くんとのミックスなら大丈夫じゃない？　そんなに動き回らなくてもすむから、ちょうどいいんじゃない？」

梓が祐介を見ながらそう言った。

「なんかムカつく」

「マジ、ムカつく」

陽次と松田が顔を見合わせて同時に言った。

「それに水嶋が地域の大会とか、反則じゃない？」と太一。

「そこは、あいつも手加減してるだろうし。水嶋と打てるってだけでテンション上がる人、いっぱいいいるんじゃない？　俺だって、たまに打つとめっちゃ嬉しいもん」

榊は、あくまでも水嶋の味方らしい。

遊佐だけが心ここにあらず、という感じで祐介の耳元に口を寄せる。

「里佳さんが、俺のマドンナだったたって、なんでこいつらが知ってる？」

お前は、まだそこにいるのかよ。まったく。

「お前のって、言ってなかっただろう？」

「じゃあ、誰のだよ」

「誰のものでもなくて、湊じゃ、みんながそう呼んでいたんだ、里佳さんのこと」

「だって、あいつらは、里佳さんの卒業後に入ってきただろう？」

「あの学校案内のポスターやパンフは、里佳さんの卒業後も三年にわたって使われてたんだ。お前と同じように、あの笑顔に誘われて入学してきた奴とかあのポスターの前でデレデレしてた奴は、山ほどいるんだよ」

遊佐は、これ以上はないというほど悔しそうな目で祐介を見る。

里佳さんは、柔らかく微笑んだままだ。

「いいなあ、遊佐さん、こんなきれいな人とデートできるなんて」

太一がうらやましそうに、遊佐を見た。

「水嶋はもっといいぞ。彼女がハナちゃんで、一つ屋根の下に、こんな美人のお姉さん。最高じゃん」

陽次、お前、遊佐の胸を抉ったな。

祐介はため息をなんとか堪え、梓は顔を伏せて笑いを堪えている。

「水嶋は弟じゃないか」

遊佐はそう言ってから、口ごもった。

「じゃあ、遊佐さんは何なんですか？」

そんな口調でそのセリフ。陽次、お前、チャレンジャーだな。

いや、もしかしてあのインカレのリベンジか？　それなら、お前やるな、としか言えない。ただし、俺を巻き込むのだけはやめてくれ。

祐介はやぶへびになるのが嫌で、助け船は出さないことにした。顔を真っ赤にしている遊佐に同情したのか、梓が何度か肘で祐介の脇腹をつつくが、それも無視する。

「いや、その」と遊佐は、口ごもる。

「恋人でしょう？　本当のことを言えばいいだけじゃない」

里佳さんが、そんな遊佐を尻目にさらりと言った。

「それとも賢人、私の片想いなの？」

遊佐が返事をする前に、陽次が素早く茶々を入れる。

「マジっすか。それなら、俺、立候補しますけど。水嶋が弟っていうのは笑えるけど」

「お前がそうなったら、俺も水嶋の兄ちゃんじゃん。勘弁だな」

陽次と太一は手を緩める気がないようだ。そろそろ助け船を出すか、祐介がそう思った瞬間、輝が、落ち着いた声音でツインズをこう窘めた。

「もういいじゃないですか。里佳さんは、遊佐さんの大切な人だってみんな知ってるんですから」

ツインズは同時に口ごもる。

「それより、遊佐さん、別に大事な話があるんじゃないですか？」

輝は、そんな二人を尻目に、遊佐に視線を向けた。

「ああ、そうなんだ」

でもなんでそれがわかるんだ？　というように遊佐が首を傾げながら輝を見つめ返した。

「だって、海晴亭は僕たちのたまり場だから。二人で来れば、こんな状況、ある程度は想像できたでしょう？」

遊佐は頷き、祐介に視線を送る。

何を話したいのかはもちろんわかっている。どうしてここで話したいのか、その気持ちもわかっている。だから祐介も大きく頷いた。

「そういえばそうだよな。にしても、お前ら調子のりすぎなんだよ」

輝の次に冷静な松田がツインズを睨みながらそう言った。松田が睨みを利かせている間に、輝が話を進める。

「だから、それを押してまでここに来るのは、僕らに伝えたいことがあるんじゃないかって、思ったわけです」

遊佐は、少し照れたように微笑み小さく頷いた。

「実は、お前らにどうしても自分の口で伝えたいことがあって。……榊も、手が空いたら来てくれるかな？」

めずらしく空気を読み素早くテンションを変えた陽次が、気を利かせて、キッチンにいる榊に遊佐の言葉を伝えに行った。

仕事の区切りがついたらすぐに、という榊が来るまで、なんとなく中途半端で落ち着かない雰囲気だったが、梓や里佳さんが女子力で場を盛り上げてくれたので、どうにか美味しく食事をすませることができた。

食後の飲み物を運び終え、ようやく榊も一緒にテーブルについた。

遊佐は、まずみんなに、指の故障で心配をかけたことを詫び、見舞いに足を運んでくれたことに礼を言った。里佳さんも、遊佐と一緒に深々と頭を下げた。

こういう姿を見ると、二人がつかず離れず寄り添ってきた年月の重みを感じる。梓も、思いなしかそんな二人をうっとり見ている。

「コートに戻った遊佐さんの姿、俺だけじゃなくてここにいる全員、本当に喜んでます」

松田が、遊佐たちに負けないぐらい深く頭を下げてそう言った。

「特にインカレ、凄い活躍でしたよね。俺、感動しました。ここまで戻ってくるのに、どれほどの努力がいったのかと想像したら、なんか泣けてきて」

榊の言葉に、みんなが頷く。

「榊、お前も、インカレ来てたのか？」

他のメンバーの顔は会場で見たけれど、祐介は榊には気づかなかった。遊佐も同じだったらしく、意外そうな声をあげる。

「はい。近場だったから予定の空いた団体の決勝は見に行ったんです。会場で水嶋には会って活入れたんだけど。あいつ、団体戦ではかなりへこんでたから」

「そうだったのか」

「だけど、水嶋とのシングルスの試合はどうしても都合がつかなくて。残念でした」

「あの試合は、マジ凄かった」

「次元が違うっていうか」

「鳥肌たったたからね」

試合を観戦していたみんなが口々に言う。

「あんなゲームが凌げるほど、ちゃんと戻ってこられたのも、みんなのおかげだ」

遊佐は、もう一度頭を下げた。

「僕たちは心配していただけで、何もできませんでした」

輝が申し訳なさそうに目を伏せる隣で、それまで松田に監視され神妙にしていた陽次が目をキラキラさせてこう言った。

「俺、わかっちゃったかも。遊佐さんの言いたいことって、次の目標はオリンピック、ってことでしょう?」

そのおバカのつま先を、松田が軽く踏んだ。

「お前、そこは、今から遊佐さんが言うとこだろうが」

「そっか」

マジ、バカ。太一もため息をつく。

「いや、いいんだ。俺が言いたいのはそれじゃないから」

　えっ？　じゃあ、何なんですか？

　祐介と里佳さん以外の全員が、驚いて声をあげる。

「いや、世界は当然狙う」

　ですよねえ、と陽次。

「だけど、生半可な気持ちで狙うことはできない場所だから、すべてを懸けて、ダブルスでその戦いに臨む。こいつと」

　遊佐が祐介の肩をポンと叩いた。

「俺がみんなの前で自分の口で言いたかったのは、つまりそういうことだ」

　しばらく、誰も何も言わなかった。

　それほど意外だったのだろう。故障から見事復活し、あの、水嶋との激戦を制した遊佐が、シングルスではなくダブルスを選んだことが。

「やっぱりそうだったんですね」

　ところが、最初に口を開いた輝はそう言った。

「やっぱりって？」

　思わず祐介が訊く。

「あの、水嶋くんとの試合を見ていて感じたんです。遊佐さんは、自分だけで戦っているんじゃないって。自分のためだけに戦っているんでもない。同じコートにいる見えない誰かと、二人のために戦っていると感じました」

「そうか」

遊佐は穏やかに微笑み、里佳さんと頷き合う。

「あんなふうにシングルスのコートでも、誰かとともに在るのだとしたら、それはきっと横川さんしかいないと」

輝の言葉に、険しい表情のツインズ以外は頷いた。

「最悪だ」

まず、陽次が不機嫌な声で呟いた。

「はい?」

「ってことは、この先ずっと俺らのライバルってことですよね」

太一もいっそう不機嫌な声を出す。

「だな」

祐介は、鷹揚に頷く。

「シングルスに専念して、水嶋を蹴落とせばいいのに」

「いや、実は、このことはもうずっと前から決めていたことで、水嶋にインカレで挑んだのは、こいつに一緒にやれるパートナーだって認めてもらうためだから」

遊佐の言葉に、輝が大きく頷く。

「僕は、湊の頃から遊佐・横川ペアのダブルスの大ファンですから、遊佐さんのその決意、本当に嬉しいです。これからのお二人の活躍、楽しみにしています」

「輝は他人事だからのんきでいいよね。俺たちは、いつもこの人たちに、いろんな場所で邪魔され蹴落とされているんだから」

　陽次が口をとがらせる。

「そうだよ。輝は、俺たちのタメで、俺たちの味方じゃないの？」

　太一も不満そうだ。

「蹴落とされるのは、単に、君たちが弱いからです。そんな甘いこと言ってるようじゃ、遊佐さんたちは、もうこの先、蹴落とす必要もないかもしれませんけど」

　ツインズは、そっくりな表情でうなだれる。

　理路整然と輝に説教をくらう二人。高校時代、この光景も、何度も見たな。

　祐介は、この場面じゃまずい、と必死で笑いをかみ殺す。

「君たちもオリンピックを狙っているんでしょう？　遊佐さんたちを倒せないで、どうやって世界と戦うんですか？」

　輝の説教は続く。

「そりゃそうだけど」

　太一は、もう勘弁してくれ、と少し涙目だ。

　輝がそんな二人を見て、フッと笑う。

「初めて、遊佐さんと横川さんのダブルスに向き合った時、君たちは何を感じました？　その時の感触を覚えてますか？」

「何だったかな？」と陽次は首を傾げる。とてもわざとらしい素振りで。

「……絶望だよ」と太一が、ため息をつく。

しばらくの間、海老原先生は祐介たちがツインズと直接打ち合うことを禁止していた。

確か、ツインズが中学生として最後に練習に参加する日だったと思うけれど、先生から初めて二人とのゲーム練習の指示が出た。

ツインズは嬉しそうだった。

俺たちは？

祐介たちは何度か彼らが別のペアと戦う姿を見て、彼らとの実力差をほぼ正確に把握していたから、言葉は悪いが多少の加減をした。

「思い出したくなかったけど」

「俺たち中学では無敵だったし、いくら超高校級っていったって、組んで一年にもならないペアに、あんなに簡単に、圧倒的にやられるなんて考えてもいなかった」

「しかも、手加減までされて」

15点のゲーム練だったから、本当は、ラブゲームにできたかもしれない。しかし、さすがにそれは避けた。ツインズは、練習には参加していたが、まだ中学生で正式な入部前だったから。

「あの日から、あの絶望以上のものを味わったことはないな」

太一は自嘲するように笑った。

「確かに。よく立ち直れたって、自分たちで自分たちをほめたいよ」

「だけど、今はどうですか？」

輝が、二人に尋ねた。

「今は、ただムカつく」と陽次。

「二人にムカついているっていうより、自分たちにムカついているほうがデカいかもしんないけど」と太一。

「絶望を感じますか？」

二人揃って首を横に振る。

「強くなったからだよ」と、遊佐が短く言う。

「手加減したのは、あの一戦だけ。それ以外は全力で叩き潰している。そうでなきゃ、こっちが潰されるから」

祐介は、二人にそう言って遊佐を見る。遊佐は、まあね、と肩をすくめた。

「君たちにはちゃんと実力があるんです。遊佐さんたちが認めるほどのね」

輝が二人を見つめる。

「実感はないけどね」と陽次。

「それは、ここの問題です」

輝は、陽次の胸のあたりを指差した。

「その性根をもっと叩き上げて図太くなって下さい。そうしたら、遊佐さんと横川さんに並んで、もしかしたら追い越して、一緒に世界の舞台で戦えます。いいライバルであればあるほど、いい仲間でもあるんですよ。そのこと、君たちはちゃんと知っていますよね」

最後は持ち上げて励ます。輝のツインズ操縦法は見事だ。まるで海老原先生が話しているようでもある。

「そりゃあね」

ようやく、渋々だが、陽次も頷いた。

「もう一つ、言いたいことが」

輝のツインズへの説教が終わるのを見計らって、遊佐が言葉を挟んだ。

「なんですか？」

輝が、訊き返す。

遊佐は、里佳さんをチラッと見た。里佳さんは、表情を変えずただ微笑んでいる。

「水嶋を支えてやってくれ。あいつは、俺たち以上に孤独で過酷な場所に挑んでいる。だけど、俺や横川はもうあいつの前を走ってやれない。手を差し伸べるどころか手を携える余裕もないんだ」

自分の行く道が険しすぎて、自分たちの足元さえ覚束ない。今、遊佐と祐介はそんな状況だ。そしてそれは、後を追いかけてきた後輩にとっては、突然、目の前の梯子を外されたようなものだ。

しばらく、誰も何も言わなかった。

　自分の少し冷めたコーヒーを飲み干して、榊がいきなり立ち上がった。

「俺はもうコートを離れているけど、だからこそ言えます。水嶋は大丈夫です、って。水嶋はちゃんと知ってますから。なっ、松田」

　榊は、いきなり話を松田に振った。

「なんで、俺?」と、当然、松田は怪訝な顔だ。

「だって、こういうの、輝と松田の得意分野だろう?　輝は、今日はもう十分活躍したから、次はお前だ」

「意味がわからん」

「じゃあ、わからなくていいからとりあえず立て。そんで何か気の利いたこと言え。遊佐さんと横川さんが、安心して自分たちの道を行けるようなヤツ。恩返しのチャンスだぞ」

　松田は、大きなため息を一つついた後で、それでも、立ち上がってちゃんと榊の言葉をつないだ。

「水嶋は知っています。俺が知ってるように。どこにいてもどんな状況でも、シャトルがつないでくれた絆は切れないって。それを教えてくれたのは、遊佐さんや横川さんたちを含め、あの横浜湊のコートで汗を流した代々の先輩たち、仲間だから。俺たちはつながっています。誰かがくじけそうな時は、自然と支え合えるように」

　グッジョブ。榊が、親指を立ててた。

「俺たち、信じてますよ。遊佐さんと横川さんが、そして水嶋が、オリンピックのコートに立つこと。ついでにツインズもね」

「なんでついでだよ。やっぱムカつく」

ツインズの声がピッタリ重なって、みんなが笑った。

こんなふうに、大声をあげて笑ったのは久しぶりだった。

海晴亭、最高の場所だね。

美味しくて、温かくて、安らげる。

帰り道、梓はそう言って、祐介の手をそっと握った。

第七章　新しいステージへ

インカレでの活躍を受けて、祐介と遊佐は青翔大での練習以外に、誘いのあった実業団チームの練習に参加するようになった。

二人は、遊佐の父親、遊佐圭一氏が率いるチームではなく、名門であり常にリーグのトップを狙っている、いわばそのライバルである、チームＮＥＸＴを選んだ。

コネや父子の情をあえて避けたわけではない。

圭一氏のチームはもちろん、誘いのあったどのチームの練習にも参加して、二人でよく話し合って決めた結果だった。

二人を一緒に誘ってくれたチームの中で、ダブルスで世界を目指したいという二人の気持ちをどこより理解してくれたのがチームＮＥＸＴだった。

遊佐圭一氏には、まだ、遊佐のシングルスでの活躍を望む気持ちが強かった。結局、そのせいで父子には、今も確執があるようだ。

父親としての圭一氏の気持ちもわかる。けれど、遊佐が心を決めた以上、そのことで葛藤している時間など二人にはない。一秒が惜しい、強くなるために。それが正直な気持ちだった。

だから、チームの練習場所である体育館と青翔大が近く、地の利があったことも大きな理由の一つだ。

祐介は遊佐の決心を聞いてから、自分も今はバドミントンでオリンピックを狙うことに専念することを決めた。結果として、教職への道は遠くなったかもしれない。来年、教育実習に割く時間がとれるかどうかもわからない。

けれど、教職のための単位はなるべくちゃんと取りたかった。どんな形でも、いつかは指導者になりたかったし、そのために必要な勉強はしておきたかった。というわけで、三年生の後期も、祐介はそれなりに授業がつまっていたので、よけいな疲労を避け、一分一秒でも長く練習に励めることはありがたかった。

そして、それにも増して、チームの練習環境がとびぬけてよかった。

バックアップの企業の規模が大きくバドミントンに理解があるため、専用の体育館を持ち、トレーニングの設備も整っていた。

大学では、各運動部の取り合いになっているトレーニングマシンも、ここでは使い放題。専属のトレーナーに、自分に必要なトレーニングのメニューを相談もできる。

ロッカールームも広く使い勝手がよく、遊佐は、そこに付随している新しく改装されたばかりというシャワールームがお気に入りだ。もしかしたら、きれい好きのあいつにとってはそれが一番の決め手になったのかもしれない。

横浜湊の先輩菱川さんと青翔大の先輩遠田さんも、すでにチームNEXTの一員として活躍していた。おかげで、緊張することなく、チームに溶け込んで練習させてもらえた。

そして最も心惹かれた理由は、日本を代表するダブルス、佐野(さの)・川崎(かわさき)ペアが在籍していること。二人は二度もオリンピックの代表に選ばれている。

「結局、この人たちに追いついて超えていくのが、一番手っ取り早いからな」

「まあね」

遊佐の言葉に頷きはしたけれど、現段階では、追いつくことも難しい存在だ。

ただ、高い壁が目の前にあるほうが、努力しやすいのは確かだ。そしてそれは、もの凄く幸運なことでもある。

練習のコートだったけれど、初めて佐野・川崎ペアと向き合った時の威圧感は、言葉にできないほど強烈なものだった。

遊佐でさえ、相手コートの二人から放たれるオーラに、若干腰が引けていた。祐介も、ああこれが本物なんだ、マジで強いってことなんだ、と素直にたじろいだ。

と同時に、もしできるのならずっとここにいたい、ここが自分の居場所だ、とも感じた。

今までで一番レベルが高くしかも過酷な場所だとわかっているが、それでもここで踏ん張りたい。次のオリンピック、という決まった目標があるのなら、なおさらだ。

今まで遊佐と祐介は、王座という最高の場所からではなく王座を狙う場所から、個人としてではなくチームを一番に考えてステップアップしてきた。

しかし、ここからは違う。

自分たちが、誰より自分たちのために強くなる。それも限られた時間の中で。

それならば、整いすぎているといってもいい環境、それがベストな選択だと判断した。

「とりあえず、あの人たちにくらいついていこう。こいつら嫌だなあって思ってもらうことが、第一歩だな」

青翔大での練習の上に、さらにレベルの高いトップレベルでの練習で、正直、長年厳しい練習に耐え慣れているはずの心身が、また何度も悲鳴をあげた。

特に、繰り返される格上ペアとのゲーム練習では、自分たちの弱点ばかりが目につき、何度もどん底に突き落とされた。

しかし、それでも這い上がってこられた。しかも笑顔で、ワクワクしながら。

傍らにいつも、信頼の二文字があった。


「いよいよ始まるな」

全日本を二日後に控え、夕食後、祐介はインスタントコーヒーを淹れ、遊佐に差し出した。

「さしあたっての問題は、準々決勝だな」

トーナメント表を眺めながら、遊佐が答えた。

一回戦は今夏のインターハイを制した埼玉ふたば学園のエースペア、二回戦は、おそらく戦い慣れた首都体大のペアが上がってくるはずだ。

格下といえるほど簡単な相手ではないが、ここを落とすわけにはいかない。

順当に勝ち上がれば、準々決勝で昨年の全日本5位のペアと当たる。すでに一度対戦し、なんとか勝利をものにした経験があるにはある。もっとも薄氷の勝利で、次も勝てるのかといえば、まったくの未知数だ。

そしてそれを凌いでも次は昨年の全日本の覇者との対戦だ。

準決勝から先は、勝てる見込みはほとんどない。青翔大、実業団、どちらのコーチ陣からもそう言われた。

けどお前らやっちゃうかもな、っていうかさあ、やっつけてくれたらありがたいよなあ。

佐野さんだけはそう言って笑ってくれた。

何にしても俺たちが優勝だけど。もうあんな悔しい思いはごめんだ、と川崎さんは真顔でつけ加えた。

昨年、佐野さんたちは準決勝で敗れ、全日本の決勝のコートには立てなかった。

優勝候補筆頭だったから、その悔しさは半端じゃなかったはずだ。今年こそはと、リベンジに燃えているのは当然かもしれない。

もしできるなら、決勝で、尊敬するこの人たちと本気で戦いたい。そして勝つ。

それが二人の目標にもなっていた。

全日本総合、初日の朝、体調はまずまずだった。

遊佐は、あいかわらず朝にはめっぽう強い。祐介よりずっときっぱり目覚め、朝からしっかり食事をとっていた。その様子を見る限り、遊佐も、体調とメンタルをうまく今日に合わせられたようだ。

「なんか、ワクワクするな」

「ワクワクもいいけど、最初の一歩から油断するなよ」

「わかってる」

「ところで、腹、大丈夫？」

「はあ？」

こっちこそ、はあ？　だよ。

高校時代から、大きな試合の直前になると、遊佐はきまってトイレに駆け込んでいた。団体戦の集合時間に間に合わず、チームメイトを慌てさせたことも一度や二度じゃない。初めの頃は、日頃の俺様発言とはかけ離れたその姿に驚き心配もしたが、そのうちに、見慣れた光景になり、なんとも思わなくなった。とりあえず適当に声をかけられるように、どこに駆け込んだのかを把握しておくことが、祐介の仕事になっていた。

祐介は、よほど怪訝な顔をしていたのだろう。

「もうそういうのからは卒業したんだ」

遊佐が、気まずそうにつけ加えた。

そういえば、怪我からの復帰以来、その姿を見ていない気もする。

「立派な大人に成長して、嬉しいよ」

技術や体力以外にも、成長する場所はいくらでもあるってことか。

「ムカつくんだけど」

「はいはい」

なんだよ。子ども扱いすんなって。遊佐の呟きが聞こえたが、祐介は小さな笑みを隠すように会場への足を速めた。

遊佐は、どこまで進化するんだろう？　自分は、それに見合うパートナーでいられるのか？

祐介は、自分の心臓の辺りをギュッと握った。

そうありたい。いや、そうあり続ける。

全日本総合、一回戦。

21－14、21－10、想定以上の圧勝だった。

相手の今夏のインターハイ覇者、埼玉ふたばのエースペアとは、公式戦ではないが、世話になっているチームのゲーム練習で何度か対戦したことがあった。

水嶋たちの代が卒業してから、祐介たちの母校横浜湊は，インターハイの団体優勝を埼玉ふたばに奪い返されていた。

今年の夏も、シングルスだけはなんとかもぎとったようだが、団体、個人戦ダブルスともに優勝は埼玉ふたばにもっていかれている。

勝ち続けることの難しさを痛感し、それ故に、学年を超えた埼玉ふたばの強さを実感もした。

そのリベンジ、という気持ちも多少あったことは否めないが、それ以上に、今日のこんな形での対戦も想定して、祐介たちは、ゲーム練習でも手加減はいっさいせず、むしろ必要以上に威圧感を与えながら相手ペアに苦手意識を植えつけていた。

おかげでファーストゲームから、常に主導権を握ることができ、並ばれることさえ一度もなかった。

反省点は、後半、ミスがいくつかあったことだ。大きく引き離していたので危ない場面には追い込まれなかったが、無駄な1点の献上をやめなければ、この先のもっとレベルの高い戦いでは、それが致命傷になる。

試合後、ミスを厳しく指摘し合い、それをカバーできなかった互いを諫めた。

そのやりとりをそばで聞いていた佐野さんが、お前らストイックだねえ、と笑ったけれど、その目は少しも笑っていなかった。

ライバルとして認められつつあるのだ、と身が引き締まる。

二回戦、やはり何度も対戦している大学生ペアとは戦いやすく、ここも、予定通りストレートで勝った。

次は、昨年の全日本5位ペア。

壁がグイッと高くなった。

しかし、実業団の練習に参加しプレーの質を高めたことがここで活きた。

実業団での練習が、大学に比べて格段に量が多い、厳しいということはない。むしろしばりは緩やかだといってもいい。どこまで厳しくするかは自分たち次第だから。

レベルの高い場所で戦い続けている人たちと一緒に練習を繰り返すことで、一番骨身に沁みたのは、技術でも体力でもなく、妥協しない、その精神だ。

彼らは、常に自分たちで自身を厳しい場所へ追い込む。

そうすることでしか、今より少しでも前に踏み出すことができないことは、誰でも知っている。しかし、それができるかどうかは別問題だ。

誰かのアドバイスに耳を傾けることは大切だが、結局、自分たちの頭で考えそれを体に叩き込んでいかなければ、どんな技術もパワーも、そしてメンタルも、思い通りに操ることはできない。

ダブルスでは、なおさらそれを要求される。

一人じゃないことが、簡単に弱みになるからだ。

そのゲーム中、祐介は遊佐と何度も頷き合ったし、必要な時は、あえて声で伝え合った。相手の実績や経験に臆することなく、しかし、前回勝利した時の経験はわざと白紙に戻し、新たな気持ちで挑戦者として向き合った。

自分たちのバドを、ここでさらに進化させようと果敢に攻撃を繰り出す遊佐を、祐介は全力でサポートした。そして時には、遊佐のサポートで、祐介が止めのショットを打ち込んだ。

リズムにのって、二人はコートを大きく駆け回り、そうすることで相手を自分たち以上に走らせた。

それでも勝敗は、以前と同じように紙一重。当然のようにファイナルにはもつれこんだが、最後は、遊佐の柔らかなショットが相手コートにネットインして、21－19、なんとか勝利をもぎとった。

試合終了後、ネット越しに握手を交わした相手ペアの、淡々とした中に垣間見える憎しみとも思えるほどの悔しそうな表情が、何より印象的だった。

それほど、この人たちはコートにすべてを懸けている。ここはそういう場所だと、改めて思い知った。


そして迎えた準決勝、勝負のコートに立った。

向き合う相手は、昨年の全日本王者。

世界を舞台に戦い続けることで鍛えあげられた筋肉、それ以上に鍛えられたメンタルがその面構えに自信を溢れさせていた。

自分たちに勝機があるとすれば、勝って当然、そんなプレッシャーが相手にあるだろうことぐらいか。

こういう相手には、とにかく、自分たちがしてはいけないことだけが決まっている。

自滅しないこと。

相手との力の差が大きければ、どうしても守りの時間が長くなる。ミスをせずに耐え抜くことが大切だ。丁寧に耐え抜けば、きっと、攻撃のチャンスはめぐってくる。バドミントンは、そういう競技だから。

遊佐と固い握手を交わし、目と目で頷き合った。

ファーストゲーム、ラブオールプレー。

初めからパワープレーで圧倒されるかと思っていたが、意外にも、様子見のラリーが何度も続いた。

もっともこちらとしては、様子見をしていたわけじゃない。緊張のあまり、体が思うように動かなかった、というのが本当だ。

一方相手は、初めての対戦だったことや、ここまで駆け上がってきた大学生ペアの勢いを警戒していたのかもしれない。

おかげで、なんとか11点のインターバルまでは1点差で凌げた。しかし後半は、見違えるようなパワープレーと巧みなラケット捌きに翻弄され、一気に5点を引き離され、そのまま16－21であっさりとられた。

インターバル、水分を摂りながら遊佐と言葉を交わす。

「サービスまわりで、簡単にやられすぎ」

「まったく」

高校時代、そして今も大学生の大会では、二人のダブルスは、前衛、後衛にかかわらず、祐介がゲームメイクをして遊佐が点をとりに行く、というのが得意なプレースタイルだが、遊佐がダブルスに専念してからは、その逆のパターンも増えてきた。

大学に入る少し前から祐介の身長がさらに伸び、祐介の高い打点からのスマッシュが得点源になりつつあることと、華やかでダイナミックなプレーが目立つ遊佐だが、ネット際で相手を揺さぶるプレーが、実は一番の得意分野でもあったからだ。

それもあり、いいようにネット際でミスを誘われた遊佐は、祐介以上に悔しそうに唇をゆがめている。

自滅してはいけない。二人ともよくわかっているのに、堪えきれない。それが力の差だといってしまえばそれまでだ。その差をゲームの中でどれだけつめられるか、今、自分たちは試されている。

「もっとコートを広く使おう」

自分たちも苦しいけど、相手を苦しめるため。

そんなことは百も承知の遊佐だが、祐介の言葉に、汗を拭いながら頷いた。

ここで散るわけにはいかない。だろ？　そう言いながら。

セカンドゲームは、激しい打ち合いになった。

ラリーの主導権はめまぐるしく交代し、同点になってはどちらかが1点を先行し、また同点に追いつく、その繰り返しだった。

ゲームが大きく動いたのは、15－15。

相手の強烈なスマッシュを、祐介がキレのあるドライブで相手コートにリターンしたその瞬間、遊佐も、限界に近かったはずのギアを力技で上げ、飛ぶように前に躍り出て、ネット際の難しい球を絶妙なタイミングで鋭角に叩き込む。

スパンと決まった徹底的なその一打が、ゲームの流れを一気にこちらに引き込んだ。

それからは、自分たちも驚くほどスムーズなローテーションを繰り返し、波状攻撃で一気に4点を連取した。

最後は相手の経験値にやられ、あと2点に手間取ったが、それでも、二人は最後まで集中力を欠かさず、21－19でゲームをとり返した。

しかし、これでやっとイーブン。

後半の激しい攻撃の連続に、体力はごっそり削ぎ取られていた。

滴り落ちる汗も半端じゃない。

今が真冬だということを忘れるほど、大量の汗だ。

インターバルの間に、いつにもまして、たっぷり水分補給をした。

「次も同じ、いやそれ以上で攻撃のペースをつかまないと」

「女子でなくてよかったな、こうはサクサク着替えられない」

さっさと着替えを済ませた祐介の体をカーテン代わりに、汗で重くなったユニフォームを着替える遊佐からは、まったく関係のない軽口が出てくる。

大丈夫、まだやれる。頑張る。

そう口にされるよりずっとわかりやすい。祐介はそんな遊佐の態度に、場違いなほど穏やかに微笑んでみせる。

「お前だって、俺に隠れてじゃないと着替えられないくせに。もっとバンと脱いでサクッとかぶれよ」

「サクッとやってんじゃん」

今、拭ったばかりの汗がまた溢れ出し、それを手でコートの外に捨てながら、遊佐は口をとがらせた後、こう続けた。

「それに、願ってもない水嶋方式じゃね？」

「はい？」

「あいつ、強い選手とあたると、力の差そのままにファーストゲームはあっさりとられて、学習したセカンドゲームは粘って僅差でとり返し、ファイナルに入ると体力が落ちてきた相手をあざ笑うように、スッと抜けていくじゃん」

事実、直前に行われた水嶋と昨年の全日本準優勝者との試合では、大方の予想を覆し、ファイナルを21−17で奪いとった水嶋が、明日の決勝に駒を進めていた。

「なら、スッと抜けなきゃな」

行ける。こいつとなら。

祐介のこの想いは、きっと遊佐の想いでもあるはず。

互いの信頼に応えるため、あと一ゲーム、全力で駆け抜けるしかない。

確かに、これほど体力を消耗する経験は最近では覚えがない。もし今までなら、ここで挫けていたかもしれない。

ここまできたら勝ち負けじゃない、とかなんとか言い訳して、とにかく最後までやり抜いて満足。そんな感じで終わっていたかもしれない。

勝敗は関係ない。一生懸命やることに意義がある。

それが間違いだとは思わない。ある段階までは、それも正解だ。でも、このレベルに突入したら、そう思った瞬間にすでに負けている。

それを、チームＮＥＸＴでの厳しいメンタルの磨き合いの中で祐介たちは学んだ。

今こそ、痛みと苦しみの先にあるもの、それをコートの中で、二人でつかむ。

「勝つ。勝たなければ意味がない」

無意識に、想いが声になる。

「当たり前だろ」

遊佐は笑った。

ファイナルゲーム、ラブオール、プレー。

また、一進一退のゲーム進行になった。

しかし、５－５から、相手の強烈なジャンプスマッシュが何度も炸裂し、ひたすら守り続けるという状況が、体力に陰りの出てきた二人を苦しめた。

足が急激に重くなり、気持ちは先走るのに、思うように自分の場所へ走り込めない。ラケットに当てるだけ、そんな返球では次の一打でもっと痛い目に遭う。わかっていても球にしがみつくように打ち返してしまう。いいようにチャンスを献上し、無駄に走らされたあげく強打を浴びる。

そんなまずい展開から、ペースをこちらにとり戻してくれたのは、遊佐だった。

5－9と4点連取され10点目を決められそうになったところで、遊佐が驚異的な反応とボディバランスで相手の決め球をネットすれすれに打ち返し、同時に雄叫びをあげた。

祐介はその声に操られるように走り込み、コート中央に甘く浮いて戻ってきた球を、絶好の打点でとらえ、そのまま相手コートに突き刺した。

5点差と3点差では、モチベーションがまったく違う。

もう1点を返し、2点差のまま11点のインターバルはとられたが、相手のフォルトもあり、14点で追いついた。

しかし、そこから先も主導権はほぼ相手にあった。

常に1点を先行される状態が続き、19－20、後がなくなった。

まだやれる？

やるしかない。やるんだ。

自分の心の声なのか、遊佐の声なのか。それは妙に鮮明に、耳からではなく直接体に入り込んできた。

シャトルの交換を申し入れた。

その絶妙のタイミングで、応援席から、ほぼ同時にいくつかの声が耳に飛んできた。

「集中」

「一本」

「ストップ」

仲間の声。

横浜湊の、青翔大の仲間の声。

水嶋と遠田さんは会場にいてもおかしくない。だけど、それ以外の声も交じっている。

わざわざ来てくれたのか。祐介に会場を見回す余裕はない。

だけど、もはや限界を超えたのかどうかさえわからなくなっていたくせに、気概の塊がズンと足元から湧き上がってくる。

その流れにのって祐介が気合いの声をあげると、遊佐の声がすぐに呼応した。

ラリーの主導権は、先にこちらにきた。

ミスはできない。その時点でゲームは終わる。

果敢に、けれど慎重にゲームメイクをする。遊佐は絶対の信頼を置いて、それを祐介のラケットに委ねていた。

その代わりに、何度でも跳ぶ、どこへでも走る。自分の打点にたどりつく。

遊佐の足音が、そのリズムがそう言っていた。

攻撃的な、ミスと隣り合わせのラリーが続く。相手も、ここが最後の勝負どころだとわかっている。だから、一切の妥協がない。

その一瞬をつくように、ミスともいえない、ほんのわずかに甘めのカットが戻ってきた。

遊佐はそれを、よりによって、コート左奥のコーナーギリギリに突き刺した。

相手はアウトだと思ってラケットを引いた。というか、あの状況ではそれに懸けるしかないほど、鋭いショットだった。

判定はイン。

土壇場で追いついた。

マジかよ。思わず声が出た。

ラッキー、会場からはそんな掛け声がかかる。

マジだし、ラッキーじゃねえし。あそこは外さない。遊佐がわずかに口角を上げた。

ナイスショット。祐介は、だから遊佐にそう言いなおした。タッチを交わしホームポジションにつく。

祐介と遊佐のラケットが自然と持ち上がり、気合いの声が体育館に響く。

それでも相手は、これ以上の崖っぷちを、何度も凌いできた経験のあるペアだ。

どうしても先手がとれない。

1点をリードされ、また追いつく。そんな、ぎりぎりの攻防がそれからも何度も続いた。

常に追い込まれながらのシチュエーションに、体は、本能なのか鍛錬の賜物なのかついていくのに、頭がしびれてきた。

こんな場面で浸ってはいけない高揚感。

それを感じ始めた時、背中から遊佐の「大丈夫」という短い声が聞こえ、遊佐のラケットがポンと軽く祐介の臀部を叩いた。

何が？　なんて思わなかった。

そうだ、何もかも大丈夫。一瞬でそう思えた。

28オール。

祐介のサービス、大きく深呼吸をした。

このままずっと1点リードされる展開だと、30点で負けてしまう。

勝つためには、ここで自分たちがリードするしかない。

誰にともなく頷いた直後、ネットすれすれに勝負の球を打ち込んだ。

結果的に、これがこのゲームで一番キレのあるショートサービスになった。

マジかよ。

今度は、遊佐がそう言いながら自分の場所に走りこんだ。

祐介も自分の場所でラケットを構えたが、相手の返球はネットにかかり戻ってこなかった。

サービスエース。

願ってもない状況に、ハイタッチを交わし頷き合う。

次で決める。

迷わず、ショートのフォームからロングサービスを打ち込んだ。

三打目に主導権を手に入れるため。

思い通りに手に入れた主導権を、決して手放してはいけない。おそらくその時点で、このラリーばかりかゲームも持っていかれる。

祐介たちは、たたみ込むように攻撃的なショットを打ち込み相手を横並びに固定した。

何度強打を打ち込んでも、このレベルの相手ではそれでラリーを決めることはできない。

わかっている。

少しずつ、ほんのわずかでも相手コートのバランスを崩す。そのために、渾身の力を込める。

根競べだ。焦りは禁物。こんな極限状態では、わずかなミスが致命傷になる。

遊佐は、けれど冷静だ。

遊佐の刻むリズムに、何度も窮地を救われる。自分がどこへ、どのタイミングで移動すればいいのか、そのリズムに導かれる。

渡さない、絶対にこの流れを手放さない。

遊佐の雄叫びを合図に、祐介は跳んだ。絶好の位置ではなかったが、その状況の中でできる渾身のジャンプスマッシュ。

相手の返球を受けるため、素早く体勢を立て直すその瞬間、また遊佐の雄叫びが耳に入った。遊佐はその声とともに、素早くネットにつめていた。

その背中を見ながら、自分がいるべき場所に祐介は素早く体を下げる。

遊佐は、鋭いプッシュを、よりによって、またサイドラインギリギリに打ち込んだ。

相手コートからは、アウト、と声がかかる。

その瞬間、勝ったと確信した。遊佐はあの体勢からあそこを外さない。

球を追いかけていたラケットが、戸惑い気味に手元に引かれる。より近くにいた者には予感がしたのかもしれない。

球は、見事にオンライン。

遊佐は、祐介にだけ聞こえる小さな声で、祐介の思っていた通りの言葉を囁いた。

「あそこも外さないって」

祐介は、「お前、マジ、バカ」とやはり小さく答えた。

30－28。

死闘の末に、初めてつかんだ大きな勝利だった。


翌日の決勝。

大学生のペアが、というより、やはりずっと注目されてきた遊佐が故障から見事に復活し、ダブルスで全日本の決勝の舞台にまで上がってきたこと、同じ決勝の舞台に、シングルスでは、横浜湊高校の後輩、水嶋亮も立っていること。

そんなシチュエーションのせいか、いつもより取材関係者はもちろん一般の観客の数が多く、何度か無遠慮なカメラのフラッシュを浴びもした。

それだけ注目されている、ということは十分に自覚していたし、それに見合うゲームをしたいという意気込みもあった。

しかし、結果的には、不甲斐なくもストレートで敗れた。

決勝のコートに立てればそれで満足、などとは一ミリも思っていなかったが、外野から見れば、そう思われても仕方のない内容だった。

敗因は、なんといっても昨日の死闘で疲れきった体を、メンタルでは庇いきれなかったということだ。

どちらのゲームも前半は競るのに、11点を超えてから、つまらないミスをきっかけにあっという間に突き放され、追いつくことができなかった。

気がついたら負けていた、それが実感だった。

ちなみにその後で行われた男子シングルスの決勝で、水嶋も準優勝に終わった。

しかし、試合内容は、祐介たちのそれよりずっとよかった。

あと少し、崖っぷちまで前年の王者を追い込んでいた。

試合が決まった最後のシャトルを、水嶋は数秒見つめて、その後でわずかに微笑んでいるようにも見えた。

王者は水嶋と握手を交わした後、健闘した水嶋を称えるように何度か水嶋の肩を叩いた。

水嶋は、その後、ずっと応援に声を嗄らしていた仲間に、ラケットを高く掲げて感謝を表した。

同じように負けたとしても、水嶋のほうがずっと世界の扉の近くにいるのだと、思い知らされた気がした。

表彰式が終わってから、遊佐と二人で誰もいなくなった応援席に腰を下ろした。

こんな様じゃ、てっぺんは遠いな。

遊佐の呟きに、すまん、と祐介は頭を下げた。

「何でお前が謝る？　お前の足はちゃんと最後まで動いていた。敗因は俺だ。そこをちゃんと言ってくれなきゃ、この先がないだろう？」

「いや、動けばいいってもんでもないだろう。無駄な動きで、かえってお前のリズムを崩していたんだから」

「慰めてんの？」

「まさか。意味ないじゃん。ようするに、海老原先生流にいえば、このレベルで戦い続けるのには、俺たち二人とも遊びが足りないってことだ」

「遊び？」

「心身の余裕ってことらしいよ」

その余裕のなさが、いつもなら居心地のいいコートを、せっぱつまった、ひどくちぐはぐなリズムに満ちた場所にした。

「いっぱいいっぱいだったからな。この大会っていうより、ここまでの全部が」

「また、一歩一歩だ」

「でも時間は限られている」

「だけど、それでも地道に丁寧にやらなくっちゃだめなんだ」

「バドはそういう競技だから？」

「そのとおり」

遊佐は立ち上がり、いきなり、応援席から誰もいないコートに向かって叫んだ。

勇・往・邁・進。

もう一度、次は祐介も声を合わせた。

なんか、バッカだよなあ。

どっかで誰かが聞いてたら、マジやばいなあ。

だけど、気持ちいいだろ？

二人で、声をあげて笑った。


帰り支度をして、体育館を出ると、ＬＩＮＥが届いた。

「佐野さんだ」

「何だって」

「話があるから、明日のチームの祝勝会には絶対顔出せって」

もちろん、参加する予定だった。

正式な内定者ではないが、ここで世話になりたいと気持ちを伝えてあるチームの末端にいて、不参加だなんてありえない。だから、このＬＩＮＥの肝は、話がある、という個所だろう。

「説教かな？」

「かもな。さぞかしやりがいのない試合だったろうから」

「嫌だな。俺、打たれ弱いから」

遊佐は、本当に嫌そうに顔をしかめた。

しかし、会場で、チームで一番世話になっている大先輩に挨拶もせず逃げ回る、なんてことはできない。

二人は、翌日揃って、王者に返り咲いた佐野さんと川崎さん、それから、水嶋を破って連覇を達成した同じチームの東(ひがし)選手の祝勝会に出向いた。

祝勝会では、驚いたことに、準優勝だった祐介たちも、チームの一員のように大いに祝ってもらった。

この調子で、来年は内定者としてリーグ戦から頼むよ、と何度もお偉いさんに肩を叩かれ、握手を求められた。

いつもこういう場所では陽気に盛り上げる係の遠田さんは、準々決勝であたった水嶋にわずかな差で振り切られ、また横浜湊、マジ、ムカつくと祐介たちに愚痴をこぼし続け、八つ当たりするなと、菱川さんに睨まれていた。

だけど、最後は、「けどお前らはよく頑張った。決勝はともかく、準決勝はマジいい試合だった」と褒めてくれた。

ちょうど、会が半ばにさしかかった頃、佐野さんに手招きされた。

少し緊張して、だけど、どんな言葉もこれからの自分たちの糧にするつもりで、遊佐と一緒に小走りで駆け寄る。

佐野さんと川崎さんを前に、久しぶりに両手を背中で組み、後輩らしい姿勢で背筋を伸ばし耳を傾ける。

「まずは、お疲れさま」

「お疲れさまです」

揃って頭を下げる。

「そう緊張するなよ。とって食ったりしないよ」

「ああ、はい」

「君たちのおかげで優勝させてもらったんだから」

結構、初っ端から、嫌味のパンチだ。

「すみません。相手にならなくて」

それでも、黙ったままの遊佐の代わりに祐介が謝った。

「嫌味じゃないんだ」

佐野さんが笑った。

「えっ？」

表情から判断すると、どうも本当らしい。意味はわからないが。

「まあ、決勝は正直物足りなかったけど、あの準決勝の試合は本当に凄かった。あの試合を見て、俺たち、モチベーションが何倍も上がった」

「ありがとうございます」

「俺は、あれで人生も変えた」

佐野さんは真顔だ。

「はい？」

さらに意味がわからず、二人で顔を見合わせた。

「佐野さんは、全日本を最後に第一線から身を引くつもりだったんだ」

川崎さんが初めて口を開いたと思ったら、それは二人にとって予想外の言葉だった。

「俺は、次のオリンピックでは三十三歳。川崎は俺より二歳若いけれど、それでも厳しい年齢だ。だからこそ、次も狙うのなら早く新しいパートナーを探したほうがいい。こいつには、一年ほど前からそう決心を伝えてあった」

「本当ですか？」

川崎さんが、佐野さんの背後で静かに頷いた。

「だけど、昨日、監督にも協会の偉いさんにも、引退は撤回してきた。まだ、この場所でやり残してることがあるからって」

「お前たちの戦いを見て、いや、お前たちが練習に参加しだした頃から徐々に、この人、それに気がついたらしいよ」

「遊佐、俺もお前と同じように、幼い頃からラケットを握り恵まれた環境の中で成長して、そして、あらゆる世代の王者についてきた。ダブルスに転向してからも、パートナーに恵まれ、日本では何度も頂点に立ったし、目標だったオリンピックにも二度出場できた。もう十分だ、後は若い奴らに道を譲ろう、そう思っていた」

アスリートとしての引き際をどこで見極めるか、それはとても難しいことだ。ダブルスの場合、相方への影響も大きい。

佐野さんのように、すでにある程度目標を達成している選手からすれば、なおさらだろう。

「だけど、お前たちと一緒に打つようになって気づいたんだ。俺たちの道は譲るもんじゃないって」

「道は、自分たちで切り拓けってことですか？」

ようやく、遊佐が口を開いた。

「いや、この道は、ある意味、切り拓く必要のない一本道なんだ」

佐野さんの言葉を、川崎さんが引き継ぐ。

「この道は、志のある者の前には平等だ。ずっとまっすぐ続いている。ただし、終わりがないんだ」

「終わりがない道」

祐介の呟きに、そうだ、というように佐野さんは頷いた。

「だけど、道に終わりはないが、歩む人間には終わりはある。それを決めるのは自分自身だ、と俺はずっと思っていた」

佐野さんが、祐介たち、というよりは川崎さんに向かってそう言った。

「思っていた。過去形ですね？」

「今はこう思っている。決めるのは、俺たちを投げ倒していく誰か、だと。それが誰なのかはわからない。お前らには、まだその資格もない」

確かに。その差は果てしなく大きい。

全日本の決勝であたった佐野・川崎ペアのダブルスには、今までにない成熟度と凄味があった。経験が与えたペアリングの妙だと思っていたが、今の話を聞いて思った。

この人たちは、ここへきてさらに高みに上ったのだと。

苦い笑みを浮かべる遊佐。おそらく、祐介も同じような表情を浮かべているのだろう。

そんな二人を見て、川崎さんは笑った。

「そうはいっても、実際、この道を行くのに資格なんかいらないんだよ。俺たちだって、何の資格も未だに持っていない」

「なんだよ。相方で先輩の、俺の言葉を全否定？」

川崎さんは、肩をすくめた。

「だいたい、いい迷惑なんですよ。佐野さんがこいつらに煽られてコロッと気持ちを変えちゃうから、こっちだって、右往左往。あげくに短時間で覚悟を決めなきゃいけなかったんですから。けど俺は、最後まであなたとこの道を歩く、そう決めたんですから、もう絶対に後戻りは許しませんよ」

川崎さんが、堰を切ったように話しだした。

「この一年、佐野さんに言われるまま、新しいパートナーを探していたんだ。だけど、結局、俺が身に沁みたのは、この人と作るバドが何より好きなんだってこと。この人と同じコートに立ち続けたい。そのためなら、どんな犠牲も厭わない。それが今の俺の本心なんだ」

祐介には、その心境はとてもよくわかる。

「俺にとって佐野さんは、中学の頃から、ずっと雲の上の憧れの先輩だった。チームに入ってすぐ、ペアを組まないかと言われた時は、嬉しかったけど正直怖かった。結果が出れば佐野さんのおかげ、だめなら自分のせいになるんじゃないかって、いつも卑屈に怯えていた」

祐介は頷く。かつての自分も、長い間同じような葛藤の中にいた。

「けれど、同じコートの中でともに戦ううちにわかってきた。自分には自分のバドがあり、その自分のバドを佐野さんはちゃんと見ていてくれて、認めてくれて相方に選んでくれたんだって。この人となら、もっと高みに上れる。いや、自分が高みに引き上げることもできる。心からそう感じた時、俺は、初めて本当の意味でバドが好きになった」

川崎さんは、自らの想いを語り終えると、照れたように俯いてしまった。その肩を佐野さんがそっと叩く。

「こいつほど、相方の長所を引き立たせてくれる奴を俺は知らない。だから、俺の相方は川崎じゃなきゃ成り立たないけど、こいつの相方は他の奴でも成り立つ。そのことを互いに十分に認識したうえで、俺たちは絶対の信頼関係をコートで育ててきた。似てるだろう？　どっかのペアと」

遊佐が顔をしかめる。

「ダブルスのペアっていうのは本当に難しい。才能と信頼、どちらが欠けても成り立たない。そういう目で見れば、お前たちのダブルスは奇跡の組み合わせだ。ここまで突出した才能の持ち主二人が、その才を凌ぐほどの信頼関係で結ばれているのだから」

「それって、俺たちに、佐野さんたちを上回る信頼関係を手に、二人を投げ倒してそのポジションを奪いとれ、って言ってるんですか？」

遊佐が、挑むように佐野さんにそう言った。

「そうだ。けど、この先、一度や二度負けたからって、俺たちはそう簡単に退いてやらないよ。もうだめだ、お前らにはどうやったって勝てない。そう思わせてくれないと」

佐野さんは、お手並み拝見、というように笑う。この余裕に俺たちは負けたのかもしれない。

「お前たちの前に、俺たちは立ちはだかる。そして、俺たちも、俺たちの前に立ちはだかる者に挑み続ける」

川崎さんも笑顔でそう言った。

「道に終わりがないと思うと、結構きついですね」

「そうなんだ。でも、いいこともある」

その答えを、祐介は知っている気がした。

「まっとうにこの道を歩いていけば、見ることができる景色がある。それも一度じゃない。何度も見ることができる。たぶんお前たちも、一度ぐらいは見たことがあるんじゃない？」

祐介は頷いた。

志さえ持ち続ければ。勝ち負けに関係なく、レベルにさえ関係なく、ある時、突然それは見えてくる。感じることができる。

夢と夢が連なり合い、さらに高みに上っていく、美しく気高い風がおりなす色。

これからも、何度も見たい。感じたい。

「まあ、とにかくそういうことだから、これからもよろしく。このチームだけじゃなくて、同じＪＡＰＡＮのユニフォームを着ることになるだろうから」

遊佐と祐介は、笑顔で頷いた。

年明けすぐに日本代表合宿に参加し、すぐに、マレーシアオープンに出場した。結果は二回戦どまり。インドネシアのペアに、ざっくり、抉られた。

しかし、めげている時間もない。

少しでも世界ランキングを上げなければ、今年は無理だとしても、来年の世界選手権の出場資格を得ることができない。そのために全力を尽くすしかない。

二月、三月と、大学の試験日以外は、ほとんどが代表合宿と遠征だったが、大学の練習にはできるだけ顔を出した。ある意味、そのコートだけが二人にとってオフの場所だった。

チームメイトと同じコートにいることで、心身ともにリフレッシュできた。

いつもならこの時期はシーズンオフで、プライベートな時間も比較的とれたのに、人生最高に、バド三昧の日々だった。

それなのに、これほど楽しい時間もなかった。

挫折を繰り返すたびに、次の一歩を大きく踏み出す実感を二人で分かち合った。

初めて、結果が見えたのは、三月に行われたドイツオープン。

その大会で初めて、二人は、ベスト４にくいこんだ。

それぞれの思惑があり、トップクラスの参加が少なかったことは事実だ。しかし、昨年のジャパンオープンでは、まったく歯がたたなかった相手に、ファイナルまでくらいついてのベスト４は、祐介たちにとっては十分な手応えになった。

そんな日々の中、祐介たちは、大学最後の年を迎える。

いつのまにか新しい春がきていた、それが実感だ。

本来なら、チームをまとめるのは祐介の役割。そして遊佐こそが、チームのモチベーションとなって先頭を走る人間だった。

しかし、祐介たちは、喜多嶋監督とチームの仲間に頭を下げ、その役割を他に譲った。

日本代表のユニフォームを着続けるためには、そういう犠牲が必要だったから。

今まで、祐介も遊佐も、自分たちよりチームを優先してきた。それが正しいとも思っていた。チームが自分たちを育ててくれる、そう信じていた。

だけど、今、自分たちのつかみたいものは、別次元にある。

よりレベルの高い場所が別にあり、そこに足を踏み入れるパスを手にした。

時間が限られているから、迷う暇はない。

優先すべきは、世界との戦い、そこでしか手に入れることのできない経験だった。

ありがたいことに、チームの仲間は、そんな二人の背中を押してくれた。言葉ではなく、自分たちのプレーで。

リーグ優勝は、惜しくもゲーム率の差で逃したが、エースシングルス、ダブルスの二勝が読めない状態で、首都体大を退け準優勝を手にしてくれた。特に、ツインズの活躍は目覚ましかった。

これを落とせば後がない、大切な首都体大との戦いにも祐介たちは参加できなかったが、その穴を見事に埋めてくれたのもツインズだった。

ダブルスはもちろん、シングルスでも二人は縦横無尽の活躍を見せ、チーム青翔を先頭に立って引っ張ってくれた。

優勝は、久しぶりに早教大が勝ち取った。

水嶋は、祐介たちとは違い、あくまでもチーム優先のスタンスをとり、絶対的エースの座を守り、無敗でリーグ戦を終えた。

岬とのダブルスも以前よりはずっと成熟し、この先に可能性を見せている。

しかしツインズは、そんな水嶋・岬ペアにも圧勝し、今の力を見せつけた。

祐介と遊佐が走り続けている、すぐその後をツインズも追いかけてきている。その足音が聞こえてくるような成長ぶりだった。


春から夏を、さらに無我夢中で駆け抜け、八月を迎えた。

夏合宿初日、久しぶりに横浜湊の校門をくぐった。

つかの間のオフ、祐介と遊佐は、迷わずその場所を選んだ。

体育館からは、扉を閉め切っていても、部員たちの大きな掛け声がもれてくる。

二人は頷き合って、同時に扉に手をかけた。

からみつくような湿気と熱気の中、一瞬、息をのむ音、驚きと喜びが交じり合った視線が二人に集まる。

しかし、すぐに全員が、自分たちのやるべき場所でやるべきことに戻った。

懐かしい。あの頃と同じ気持ちのいい緊張感が充満している。

練習を眺めていた海老原先生が二人を認め、一度大きく頷いた。

すぐに、水嶋と松田が、ツインズ、輝も顔を見せた。

明日には、本郷さんや菱川さんも来るらしい。

榊は、合宿の間、部員の食事を一手に引き受けている。部員の母親たちに交じり櫻井と梓がその手助けをしている。

梓は、少しでも時間を共有したいと、祐介たちについてきた。

海老原先生の許可がとれたので、祐介は反対しなかった。もちろん遊佐も、賛成してくれた。今の梓なら、部員のいい練習相手になれる。今年のインカレ優勝候補の筆頭だから。

昼食が終わったら、榊や梓も練習に参加する予定だ。


懐かしい体育館を見回す。

会う機会の少なくなった他の仲間も、みんなそれぞれの場所で、それぞれの夢を見ているのだろうか。

その夢を叶えるため懸命に走り続けている者、立ち止まって惑う者、今は、夢を手放している者もいるかもしれない。

夢を見なければいけない、とも思わない。

ただし、見るならば、叶えるため懸命に力を尽くすべきだと思う。

少なくとも、ここで育った者はその術を知っているのだから。決して一人じゃないのだから。

いつだって、どんな状況でも自分たちはここにつながっている。ここでつながっている。

ここから、この第二体育館の右端のコートから、今の二人が始まったことを、祐介も絶対に忘れない。

「なんかワクワクするなあ」

どこかで聞いたようなセリフを、隣で遊佐が吐く。

「お前は、いつだってワクワクしているだろうが」

「お前だってそうじゃん」

「バドは苦しい、けどその何倍も楽しいからな」

俺たちだって、負けないくらいバドが大好きですよ。

いきなり、遊佐の背中に陽次が飛びついてきた。

やめろよ、暑苦しい。そう言いながらも、遊佐は嬉しそうだ。

ホワイトボードに書かれた懐かしい海老原先生の文字で、今日の練習メニューを確認する。

隙間なく埋められたトレーニングのメニューに、ウェ～、と顔をしかめながら、遊佐の目が笑っている。

祐介も同じだ。

地獄の夏合宿、地獄だからこそ燃える。

汗まみれになり三度もウェアーを着替え、床に転がりこみたくなる気持ちと闘いながら足を動かし続け、午前中の基礎トレを終了した。

食堂に移動して、榊の仕切る昼食をごちそうになる。

うまい。しかも彩りも鮮やかで、食欲をそそる。

しかしそれでも、真夏の体育館であれほど汗を流した後とは思えない、水嶋と遊佐の潔い食べっぷりに、後輩たちは目を丸くする。あの二人の姿を見れば、誰一人皿に料理を残すことなどできないはずだ。

午後からは、梓も加わって、ゲーム練習に入った。

女子バドミントン部のない横浜湊の部員には、女子選手と打てるチャンスはまずない。みんな嬉しそうにコートに入り、ガッツリ叩きのめされていた。

以前は、初日にはラケットを持たせてもらえなかったけれど、おそらく、時間のやりくりをして合宿に参加しているＯＢの都合を考えて、練習メニューが組み立てられているからだろう。

夕食を挟んでゲーム練習は続いた。

三面のコートに分かれ、シングルス、ダブルスと、休むことなく後輩たちの練習相手を務めた。

そして最後に、祐介は、後輩ではなく、遊佐とシングルスのコートで向き合うことになった。

海老原先生が、次の夏のインターハイまでを駆け抜ける後輩に、模範試合を、と望んだからだ。

遊佐対水嶋ではなく、なぜ祐介と遊佐の試合を？

この疑問は、祐介だけじゃなく、おそらくみんなの疑問だったはずだ。

だけど、断る理由はない。

二人は、それぞれのコートに入る。

主審は水嶋。その傍らにツインズが佇んでいる。松田と榊は線審の位置に。輝は、こんな時でもやっぱりスコアブックを広げていた。

それ以外は、コートを取り囲むようにして二人を見守っている。

祐介は、相手コートの遊佐に視線を送る。

その場で軽くジャンプした後、遊佐は嫌味たっぷりに口角を上げた。いつもの遊佐だ。

けど、そう笑ってなんかいられないからね、と祐介もニヤッと笑う。

たとえゲーム練習でも、全力で立ち向かう。かけがえのないパートナーだ、と胸を張れるように。

祐介の想いを受け止めるように、遊佐の眼差しが闘争モードに変わった。

「ラブオール、プレー」

水嶋の大きくのびやかな声が、戦闘開始を告げた。

観戦者の予想に反して、と言っていいのか、激しい打ち合いとだまし合いの末に、祐介が21−18でファーストゲームをとった。

しかし、セカンドゲームは、後半、遊佐の思い通り、前後左右に揺さぶられ防戦一方。それでもなんとか追いすがったが、16オールから自分のミスショットをきっかけに4点を連取された。最後は遊佐の絶妙なスピンネットに対応できず、さあどうぞ、と甘い球を打ち返してしまい、予想通りの場所にスマッシュを突き刺される。

わかっていても反応できない、そんな悔しさをたっぷり味わわされた。

まったく、遊佐は人のミスを見逃さず弱みを抉るのが実にうまい。だけど、抉られたってへこみはしない。次に活かせる術を、今の祐介は知っているから。

ファイナルゲームは初っ端から、また激しい打ち合い。

後半にくるほど、足が動くようになったのは練習の賜物か。

いったりきたりで10オール、海老原先生が、そこで試合を止めた。

「ここまでにしましょう。残念ですが、時間です」

時計の針は、午後十時を過ぎていた。

あくまでも練習の範疇であるべきなのに、向き合ったとたん二人して本気モードに入ってしまい、練習時間をすっかりオーバーしている。

先生も、止めどころをずっと探してくれていたんだろう。

それでも、遊佐と握手を交わした瞬間、拍手が沸き起こった。周囲には、興奮した満足そうな顔が並んでいる。

後輩の励みになれたのなら、本当によかった。自分たちも、そうやって育てられてきたのだから。

「今までで、一番、成長しましたね」

海老原先生が、アドバイスを受けるため歩み寄った二人に、そう言ってくれた。

「えっ？」

汗を掌で拭いながら、遊佐が目を丸くする。

「遊びが上手になりました」

何よりの褒め言葉に、二人揃って深く頭を下げた。

遊佐と祐介、水嶋とツインズは合宿所に泊まり、榊と松田は輝の家に泊まるらしい。九月に、三人で沖縄旅行に行く予定があるらしく、その打ち合わせだとか言っていた。うらやましい気もするが、バドのできない期間が一週間も続くなんて、今の祐介にはやっぱり考えられない。

風呂に入って、ミーティングに参加した後は、それぞれに割り当ててもらった部屋に戻った。サッサと寝るつもりだったが、思いがけず、水嶋が二人の部屋を訪ねてきた。

どうやってツインズを振り切ったのかはわからない。しかし、一人で来たからにはまじめな話をしたいということだろう。

経験上、陽次の前でマジな話が五分以上続いたためしがない。

「めずらしいね。わざわざいじられに来たの？」

「いや、まあ」

「どうぞ。お茶しかないけど」

水嶋は、手に持ったペットボトルを少し上に持ち上げる。

飲み物は持参した、ということらしい。

祐介は、自分たちのふとんをよけて水嶋のスペースを空け、遊佐と祐介はふとんを座ぶとん代わりに腰を下ろす。

「どうした？」

「うまく言えるかどうかわかんないんですけど」

「心配するな。おまえがうまく言えたことなんか一度もない。慣れている」

遊佐が笑う。

「まあ、榊ほどお前の気持ちをうまくくみ取れるかどうかわかんないけど、言ってみれば」

祐介は頷いた。

「俺、オリンピックに行きたいです」

長い間止めていた息を吐き出すように、水嶋はそう言った。

「はっ？　お前は、俺たちよりずっと先を走ってるじゃん」

遊佐は鼻で笑ったが、いやそうだろうか？　と祐介は改めて考える。

水嶋は、オリンピックのことは漠然としか考えていなかったのかもしれない。代表の練習や試合にはもちろん出ていたが、ポイントの稼げる国際大会にはさほど出ていない。できる限りチームにはりつき、春のリーグ戦にもしっかり出場していた。

少ない機会に結果が出ているので、そうなれば嬉しい、ぐらいの気持ちはあったかもしれないが。

「もちろんまったく考えてなかったわけじゃないです。でも目の前の強い相手に勝ちたいという想いはあっても、ランキングを一つでも上げたい、と思ったことはないんです」

「自慢？」

じゃないってわかってるだろう。ちゃかすな。祐介の視線に遊佐は肩をすくめる。

「でも、どんなことをしてもオリンピックに行きたい、と今は思っています」

「なんで？」

「今日、二人のシングルスの試合を見たから？」

自らの言葉に、水嶋本人が、自信なさげに首を捻る。

「あのさあ、なんで自分の気持ちを、俺たちに訊くの？」

遊佐がぼやく。しかし祐介から見れば、遊佐にもそういうところは大いにある。

お前が言うなよ、とつっこみたいところだ。

「あれは、ただのゲーム練習だ。どこに、お前の気持ちを揺り動かす何かがあったのか、俺にはわからん。けど、もしそう思ったのなら迷わず走り続ければいいんじゃないの？」

「ただのゲーム練だとわかっています。だけど、二人にもしシングルスで向き合ったら、三回に一回は負けると思いました」

あまりに妥当すぎて反論できない。

遊佐も黙っている。俺には、二回に一回だろうが、ぐらいは思っているかもしれないが。

「で？」

「凄い、と思いました。あのレベルでシングルスをこなせる人たちが、さらに研ぎ澄まされたダブルスで目指すのが、オリンピックという舞台なんだと、改めて思い知りました」

「そう」

「俺、春のリーグ戦で、二人がほとんど試合に出ないことにちょっとムカついてました。もちろん、学年も違うからその先の立場とかもあるんだろうけど、別の大きな大会と日程が重なっていない時も、二人はベンチにも入らない」

ランキングを上げることに集中していた。無理をして、リーグ戦に出れば、体調を崩し怪我のリスクも上がる。だから、仲間を信じて応援に徹した。いや、応援に行かず、調整のための練習にあてたことさえある。

その結果、予定より一年早く手に入れた今年の世界選手権への切符。三回戦で中国ペアに惜敗したが、貴重な経験値を手に入れることができた。

水嶋の言葉としかめ面に、お前らしいな、と遊佐が笑う。

だけど、本来、それは遊佐が、そして祐介が水嶋に伝えた姿勢でもある。

すべてはチームの勝利のために。自分たちもそうやってチームを引っ張ってきた。

そして、実は今もそうあり続けている。チームメイト以外にはわかりづらいかもしれないが。

日々の練習にはできる限り参加している。自分たちのリフレッシュのためだけじゃない。高いレベルでの練習や試合で培ったものを、文字通り身を以てチームに伝えるためだ。

「だけど、太一に言われたんです。二人のいないチームを守りきるのが自分たちの仕事で、それが今できるすべてだ。そしてこの今が、この先の未来につながっていることを俺たちは知っている。だから頑張れるんだって」

そして何より、同じコートにいなくても、戦う気持ちを共有している。

その実感があるから、互いに走り続けることができる。

「指導者に、チームメイトに恵まれていると思っているよ」

「それは、たぶん横川さんたちが、チームを信頼しているからですよね」

水嶋はため息をつく。

「お前だって、チームを信頼しているだろう?」

水嶋はチーム命の男だ。ため息の意味がわからない。

「チームのためにと言いながら、チームを信じ切れずに自分だけを信じていたのかもしれないです。いや、今は自分さえも信じられない」

「やけに弱気だね、なんでそんなふうに思うわけ？」

「俺、バドが好きです。大好きです」

みんな知っている。そしてその気持ちがお前を支え続けていることも。

「それでいいと、それだけでいいと思ってました。この先も、その気持ちさえあれば、頑張れるって。でも、最近、それだけじゃ補いきれないものがあるんじゃないか、そんな気がして不安になって。二人の試合を見て、それが確信に変わりました」

「意味がわかんないな」

遊佐が、嫌味ではなくそう言った。

すみません、と水嶋はうなだれる。

しばらく、部屋には沈黙が続く。

祐介には、水嶋が何に惑っているのかなんとなくわかった気がした。だけどもう少し、気持ちを吐き出させたほうがいい。そう感じた祐介は遊佐に目配せをする。

わかってるよ、というように遊佐は微笑む。

「運よくここまで順調にきました。だからなのか、今の自分には致命的に何かが足りないと思うんです。頑張れば頑張るほど、コートの中でも外でも空回りして焦るばかりで」

「ああ」

実力が突出しているから、どれほど迷っていても調子が悪くても、同じ世代の大会ではなんとなく勝ててしまう。最大のライバルだった遊佐が抜けてしまった今、モチベーションも保ちにくいのかもしれない。

自分たちも同じような道を通った。

二人だから、惑わず歩めた。

「海老原先生は、今日、たぶん俺のために二人のゲームをセッティングしてくれたと思うんです。一番客観的にゲームを見ることができる立場に指名したのも、たぶん、俺にちゃんと見て、自分がどうあるべきなのかを考えろ、っていうメッセージだと思います」

「だろうな」

先生のすることに、意味がないはずがない。

「だけど、二人を見ていて自分に足りないものがあるってことはわかりましたが、何が足りなくて、何を頑張ればいいのかまったくわからないんです。頑張ってなんとかなるものなのかどうか、それもわからない。……そうしたら、あいつがここに行けって。俺たちの中であの人たちだけが、きっとその道を歩いてきたはずだからって」

あいつ、はたぶん榊のことだな。そういう知恵を榊につけたのは、たぶん輝と松田。榊の言葉なら、水嶋は素直に頷く。

そうか。ツインズも、今日はわざと振り切られて、水嶋をここに来させたのか。

周りがおぜん立てしないと、水嶋が来るはずないもんな。

なら、俺たちも、ちゃんとやんないとな。祐介は、遊佐と視線を交わす。

　任せるよ、と遊佐は頷く。

　お前がよくわからないことを、俺がちゃんとわかるとも思えんけど、と祐介は前置きをしてからこう言った。

「何かが足りないっていう言葉を手がかりにするのなら、お前は好きの意味をわかってないんじゃないかな、と俺は思う」

　こいつそういうとこ、ホント鈍いからな、と遊佐が笑う。

　いや、だから、お前もそうだって。

　もちろん、遊佐は、バドに関してはちゃんとわかっている。あくまでも私生活に関してで、そこは水嶋とは違うわけだが。

「水嶋、お前の好きは、片想いの好きなんだと思うよ」

「はい？」

「たとえば、女子に例えてみればわかりやすい。好きな子ができた。その子を見るだけで、笑い方、しぐさ一つにドキドキする。そのうちにもっと彼女を知りたくなる。知れば知るほど、もっと彼女のことが好きになる。そうなると当然、欲も出てくる。できることなら自分の存在に気がついてもらいたい。好きになって欲しい。でも、告ったりしない。拒否されるのが怖いから。一方通行の想い。それが、今のお前」

「一方通行……」

　そうだ、と祐介は頷く。

「好きなら、相手に好きになってもらえるよう努力もしなきゃならない。その上で、好きだと意思表示をするべきだ。運よく相思相愛になったからって、安心なんかできない。ライバルがどこから現れるかわからないし、なんでもないことでお互いに冷めてしまうこともある。だから努力を続け、その上で、覚悟も必要だ。絶対や永遠がないことを覚悟する必要がある。そういうすべてを含めて、好きがある」

「バドの話ですよね？」

もちろん、と答えながら、祐介は梓の顔を思い浮かべる。

いつも、どこかで不安を感じている。

いつか選ぶ時がくるんじゃないか？　バドか梓か。

どちらも、そういつまでも、うまくいくはずがない。

もし、人生が差し引きゼロで終わるものなら、子供の頃のマイナスを、自分はもう十分取り戻しているはずだ。

梓とダメになったら、バドもダメになるんじゃないのか。いや、バドでダメになったら、梓も離れていくのかもしれない。

ばかげていると思いながら、否定できない。

バドにのめりこめばのめりこむほど、他の大切なものをおろそかにしてしまう。だけど、今の自分は、もっとバドにのめりこみたい。

つい黙り込んでしまった祐介の代わりに、遊佐がこう言った。

「で、俺たちは、そういう意味でバドが好きだ。そしてそれだけでいいと思っている」

きっぱりした口調だ。少なくとも遊佐は、祐介よりずっと覚悟ができているらしい。

そして、お前は？　という感じで遊佐が水嶋を見る。

「俺も、バドが好きです」

「で？」

水嶋は答えなかった。

ありがとうございます、と深々と頭を下げ部屋を出て行った。ツインズが待っている部屋に。

ふとんをもう一度広げながら、遊佐がぼやく。

「なんだよ。決意表明の一つぐらい、言ってから帰れってんだよ」

「無理だろう。あの水嶋があれだけ話しただけでびっくりだ」

「そういえば、あいつがあんなに話すのを聞いたの、入院していたベッドの上、以来だな」

「いい恩返しができたじゃん」

「はあ？　あいつには先払いしてあるから」

「俺には？」

「えっ？」

「俺には、いつ返してもらえるのかなって」

「お前には、……出世払いだ」

遊佐は、大げさな音をたててふとんに頭までもぐりこんだ。

「歯みがきまだだろ？　トイレも行っておけ。夜中についていかないぞ」

遊佐は、黙ったままふとんから出て、そのまま部屋も出る。

「歯みがきだけ、行ってくる」

トイレとか、夜中だって一人で行けるし。っていうか夜中にトイレって、ちっちゃい子か老人だろうが、などとブツブツ言いながら出て行く遊佐の背中を、祐介は、わざとらしい大笑いで送り出した。


遊佐が部屋から出て行った後、スマートフォンをチェックすると、櫻井の家に泊まっている梓からラインでメッセージが来ていた。


ハナちゃんが、水嶋くん、頼みますって。

なんとか助けになれたのかな？

できるだけのことはしたけれど。

ありがとう。伝えておくね。

ところで、今日のゲーム練、しびれたよ。祐ちゃん、また強くなったかもね。

いつのまに撮ったのか、スマッシュを決める祐介の姿が送られてきた。

超カッコいいでしょう？　私の彼です。

バッカじゃないの。バカだろう。
もう寝るから、また明日。

梓にそう返信してから、祐介も、部屋を出て洗面所に向かった。
あんなに水嶋に偉そうに言ってのけたのに、俺に、覚悟なんてこれっぽちもないな。
祐介は、ため息をつく。
梓とのこのつながりが切れてなくなるなんて、今の祐介には想像もできなかった。

エピローグ

祐介たちは秋に正式に内定をもらい、十月中旬から始まった日本リーグでの戦いで、チームＮＥＸＴの一員として何度か出場機会を与えられた。

一瞬たりとも気の抜けない真剣勝負の場所は、練習とは違い緊張感が違う。

しかも優勝は三つ巴、僅差になると予想されていたので、チームとしての勝利はもちろん、３－０のストレートで勝つことがコートに立つ者の使命だった。

フランス大会で初めて優勝をつかんだことで、チーム内での評価がグンと上がったとはいえ、今の二人の立ち位置では、一度でも信頼を失ったら、挽回のチャンスはなかなかめぐってこない。

二人は、与えられた機会を実績として積み重ねていくことに全力を尽くした。

そして迎えた日本リーグ東京大会最終戦、遊佐圭一氏率いるチームとの優勝をめぐる戦い。

一般の観客はまばらだが、チームＮＥＸＴは東京を本拠地にしているので、夕刻から始まるこのゲームに、仕事終わりに駆けつけてくれたチームの応援団の数はいつになく多い。

先にコートでの練習を終え、体育館の一階の通路を使い、いつも通り体をほぐし温める。

遊佐は、しかし、どこに移動しようと珍しいほど無口だった。

父の率いるチームとの一戦。

チームNEXTは三強の一角にすでに一敗を喫していて、前日の試合も、二勝一敗で凌いできているので、優勝するためには、勝つことはもちろん三戦全勝が必須条件だ。

こんな条件で、緊張するな、というほうが無理だろうが。それにしてもピリピリしすぎでは、と心配になる。

佐野さんの故障もあり、第一ダブルスにまわった祐介たちの対戦相手は、現在、日本ランク4位の相手チームのエースペア。川崎さんは遠田さんと組んで第二ダブルスにまわっている。

最新ランキングでは祐介たちが一つ上だが、実力は向こうがずっと上だ。コーチの大久保さんには、はっきりそう言われた。

だけど、勝て。勝たなきゃすべてが無駄になる、とも言われた。

「緊張、ほぐれそうにないか？」

「俺、そんなに緊張してる？　それさえわかんないな」

何言ってんだか。こんなの慣れっこじゃん、と返されると思っていた。

だから祐介は、驚いて遊佐の顔を見つめる。

「何？」

「本音がもれることなんてめったにないから」

「ああ」

遊佐は頷いて、小さく笑う。

「お前に虚勢張っても、ソッコーばれるじゃん」

無駄に見栄を張る余裕もないってことか。

アップの最後まで、遊佐の硬さはほぐれなかった。

試合開始前には、応援団からの熱いエールもあり、祐介の心身は、いい感じに出来上がってきていた。

遊佐との基礎打ちを終え、ホームポジションにつくためコートを移動する。

瞬間に気がついた。

今、遊佐の背中に漂う緊張感は、少し前のそれとはまったく質が違う。

どうやって切り替えた？

慌てて遊佐の視線をたどる。

ああ、と祐介は納得し微笑む。

コートに近いチームが陣取る応援席で、今日は出番のない菱川さんと並んで座っているのは、めったなことでは試合会場には顔を見せない里佳さんだ。

ほんの少し前までそこは空席だったので、もしかしたら、後方の席から菱川さんが連れてきたのかもしれない。あの二人は、横浜湊の同学年。在籍していたコースは違えど、二人とも何かと表彰ばかりされていたから、面識はあるはずだ。もちろん、ぬかりのない菱川さんは、遊佐の今日の調子や、里佳さんと遊佐の関係もちゃんと把握している。

祐介と視線が合ったとたん、いつものように穏やかに微笑む菱川さんが、Vサインを出した。

何よりの後方支援感謝します。祐介は、菱川さんに心の中で頭を下げた。

それにしても、里佳さんは、タイミングを外さない。

ここ一番で、遊佐を支える。

来てくれてありがとうございます。そんな祐介の視線を受け止めて里佳さんが微笑み、その直後、声なき声を伝える。

遊佐の視線も、同じタイミングでそれをとらえているはずだ。

勇・往・邁・進。

里佳さんの唇が象った四字熟語の持つ想いが、遊佐に伝わらないはずがない。

遊佐はいつでも、勝つことで自分の想いを伝えてきた。ライバルとして父が見守るこのコートで、自分が選んできたすべてを肯定するのも否定するのも、自分自身のプレーだけ。

そしてそれは、祐介にとっても、たった一つの真実だ。

里佳さんの言葉に応えるように、遊佐は大きくその場で二度ジャンプした。

それは、遊佐の心身を覆っていたすべての憑き物が落ちた瞬間だったかもしれない。

「ファーストゲーム、ラブオール、プレー」

主審の声の直後、気合いの声を遊佐の背中に譲った。

決意を秘めた遊佐の雄叫びがコートに響き、祐介はその声に応える。

どうして、こんなに苦しく辛い場所が、これほど愛おしいのだろう。

何度も奈落に突き落とされ、必死で這い上がってきても、先にはさらに高い壁が続くだけ。再び突き落とされる恐怖と闘いながら、なぜ自分は、自分たちは走り続けるのだろうか。

答えは未だない。

理由もわからないのに、好きだ、ただその感情に衝き動かされながら、歯をくいしばっている。

やっかいなものを好きになった、とも思う。

だけど、好きなものは好きだ。だから、精一杯、駆け抜けるしかない。

遊佐が創りだしてくれた最初のチャンスを逃さず、祐介は、自分の打点へ高く跳んだ。

風を生み、風をつなぎ、栄光のその先を夢見ながら。

解説

それもまた光

大島真寿美

なんとまあ、すくすくと、気持ちよく伸びていく少年たちだろう。

一冊目の『ラブオールプレー』を読んだ時、一番強く思ったことはそれだった。

そしてその思いは、三冊目にあたる『夢をつなぐ風になれ』を読んだ今も続いている。

才能あふれる少年たちが、バドミントンというスポーツによって、高みへと登っていく姿が清々しくてたまらない。

といっても、私はバドミントンというスポーツをまるで知らないのであるが（だからところどころまちがった読み方をしているのかもしれないが）、軽い羽根のついたシャトルをラケットで打ち合うという、このスポーツ独特の面白さは、どんな読者にも十分に伝わるはずだ。

彼らは、おおむね、スポーツエリートたちである。皆、全国レベルで戦える力を持っている。スポーツ音痴の私からすれば、まったく未知の世界の話である。であるならば、さぞかし……と怖じ気づく気持ちにもなるのだが、しかしながら、本作はいわゆるスポ根物語ではないのである。理不尽なしごきもまったくない。厳しい訓練はむろん行われるが、それらは意味のある鍛錬であり、彼らの心・技・体を導く、理想的な指導者もちゃんといる。いじめだの、陰険さだのが付き物の、先輩後輩の関係も、序列はきっちりしているものの、あくまでも清廉。

厳しい訓練を自らに課し（強制されて、嫌々やっているわけではない）、切磋琢磨し、彼らは、勝ったり負けたりを繰り返す。そうやって勝つこと、負けることが、彼らにとって、すべて、明日への確かな糧となるのである。

たいへんまぶしい。

うおー、青春って、こんなに光あふれていたのかー！　ぬおー。

いや、ほんとは青春ってこんなに光あふれてはいない（それだけではすまない）とは思うのだが、そうとは知っていても、こんなふうに光あふれててもいいではないかと本気で思いたいし、というか、まず、この光の存在を、この世に生まれ落ちたからには知るべきではないか、とも思うのである。伸び盛りにすくすくと、自分の限界にまで（仲間とともに）登っていくことの光の部分、その楽しさや喜びを理屈ではなく、彼らを通して感じとれたなら、とくに青春真っ只中にいる読者にとって、なにかしらヒントになるのではないだろうか。青春の真っ当さを噛みしめてみるとでもいうのかな。

小瀬木麻美さんの筆は、光を描くために陰を描くということをほとんどしない。ある意味、たいへん潔い。

ささっとどこかしらに陰をつけるのが、光を見せるのに効果的であるとわかっていても、彼女はそれをしないで、純粋に光のみを、愚直なまでに、淡々と描いていく。たとえばピンポイントで、スポットライトのように一カ所に異様に強い光をあててみる、なんてこともまずしていない。ずーっと、同じくらいの光を、物語に照らし続ける。ちがうか。物語をずーっと同じくらいに発光させ続ける。

そんなふうに書き続けると、なにが光なのか、光がほんとうにそこにあるんだかないんだかわからなくなってしまいがちなのに、彼女の紡ぐ物語はその罠になぜか嵌らない。ともかく光だけがそこにある。なんといったらいいのか（面白いことに）、小瀬木さんは、陰にあたる部分を書くつもりで書きだしても、結局は光になってしまうようなのだ。そこが彼女の特徴であり、美点なのだろう（もちろん、場合によっては、それは欠点ともなりうる可能性を秘めてはいるけれども、そもそも美点とはそういうものではないだろうか）。ついでながら、淡々と進んでいく物語が陥りがちな、退屈、という罠にも嵌らない。

彼女は持ち前のスピード（筆には書き手によってそれぞれのスピードがある）でそこを乗り越えていく。

そうして、けっこうなスピードを保ったまま、続編、続々編と、物語の時間を少しずつ塗り重ねては先へ進むという方法で、小瀬木さんは、『ラブオールプレー』という世界に厚みを持たせた。三冊目になり、『ラブオールプレー』の世界が、いよいよ立体的に見えてきたように思うのはそのせいだろう。

一冊目の水嶋亮、二冊目の遊佐賢人と、タイプの違うスタープレイヤー二人の物語からバトンを渡された、三冊目である本作は、スタープレイヤーの一人、遊佐賢人を真横から眺め続け、ともに歩み続けている横川祐介の物語へとチェンジ。その結果、この物語に当たり前の重力が感じられるようになったのだと思う。水嶋亮の中学時代からスタートした、このシリーズ。この世界の中での時間は、刻々と流れ続け、本作では、彼らの大学生活が主体。それぞれがぐっと成長し、可愛らしい恋、幼い恋も、それぞれにすくすくと育っている。ここでもやはり、鉄則は崩れない。そう。恋もまた光。

いくつかの試練も訪れるが、やっぱり鉄則は崩れない。それもまた光。

どのような困難や苦難が起きようとも、彼らは陰に追いすがられることはなく、それらをすべて吸収し、光にしてしまう。明日への糧へと変えてしまう。そういえば、奇しくも一作目の主人公である水嶋亮のプレースタイルが、まさにそれであった。戦えば戦うほど、相手の力や相手の巧さを吸収し、自身の力に変えてしまうという。

さて、彼らが、今後いよいよ世界に漕ぎ出していくのだろうという、わくわくした予感を孕みつつ、『夢をつなぐ風になれ』は、いったん幕を閉じるのであるが、彼らがこれから歩んでいく、登っていくその先に、はたしてなにがあるのか、限界は訪れるのか、成長を目撃してきた読者としては、気になるところ。

というわけなので、小瀬木さんには、ぜひ、このまま『ラブオールプレー』の世界を書き続けていただきたいと切に願っている。いや、書き続けてくださるであろう。小瀬木さんにとっても、書き続けた先になにがあるのか、限界は訪れるのか、気になるはずだから。

そう、このシリーズは彼らの成長物語であると同時に、作家・小瀬木麻美の成長物語でもある気がしてならないのである。

勇・往・邁・進。

行くしかないです、小瀬木さん！

生み出したら、行くしかない。

本書は二〇一三年四月にポプラ文庫ピュアフルより刊行された作品に加筆・修正を加えた新装版です。

本書の刊行にあたり横浜高等学校バドミントン部の皆さんに取材にご協力いただきました。

バドミントン部監督の海老名優先生、選手の皆さんに心から感謝申し上げます。

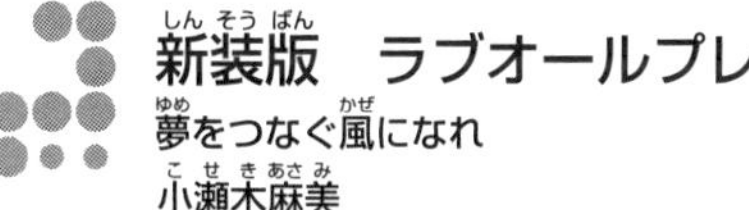

2021年11月5日初版発行
2022年2月25日第2刷

発行者……千葉 均
発行所……株式会社ポプラ社
〒102-8519 東京都千代田区麹町4-2-6
フォーマットデザイン 荻窪裕司(design clopper)
組版・校閲 株式会社鷗来堂
印刷・製本 中央精版印刷株式会社

落丁・乱丁本はお取り替えいたします。

電話(0120-666-553)または、ホームページ(www.poplar.co.jp)のお問い合わせ一覧よりご連絡ください。
※電話の受付時間は、月～金曜日、10時～17時です(祝日・休日は除く)。

ポプラ文庫ピュアフル

ホームページ www.poplar.co.jp

N.D.C.913/300p/15cm
ISBN978-4-591-17180-6
P8111320

きらめく青春ハンドボール小説!!

小瀬木麻美
『あざみ野高校女子送球部！』

装画：田中寛崇

中学時代の苦い経験から、もう二度とチーム競技はやらないと心に誓っていた凜。しかし高校入学後、つい本気で臨んだ新体力テストで遠投の学年記録を叩き出してしまい、凜はハンドボール部顧問の成瀬から熱い勧誘を受けて……。ハンドボールの面白さを青春のきらめきとともに描き出すさわやかな青春小説。

華麗な謎解きが心地よい、
香りにまつわる物語。

小瀬木麻美
『調香師レオナール・ヴェイユの香彩ノート』

装画：yoco

天才調香師レオナール・ヴェイユは、若くして世界的大ヒットとなる香水を開発した一流調香師。香りに色が見えるという共感覚を持ち、誰にも作れない斬新な香水を生み出してきたレオナール。世界的なヒットを飛ばしたあと、依頼者だけのための香りを生み出すプライベート調香師となった謎多き彼に、主人公・月見里瑞希は依頼状を出すことに——。